NOUS N'ÉTIONS PAS DES TENDRES

De la même autrice

Mes clandestines, Jacqueline Chambon/Actes Sud, 2015.
Le Livre des visages, Jacqueline Chambon/Actes Sud, 2012.
Une parenthèse espagnole, Verticales, 2009.
Regarde-moi, Verticales, 2005.
L'Ongle rose, Verdier, 2002.
Les Nuits d'Hitachi, Gallimard, collection L'Arpenteur, 1999.
L'Été du chien, Gallimard, collection L'Arpenteur, 1996.

L'Iconoclaste,
26, rue Jacob, 75006 Paris
Tél. : 01 42 17 47 80
iconoclaste@editions-iconoclaste.fr
www.editions-iconoclaste.fr

SYLVIE GRACIA

NOUS N'ÉTIONS PAS DES TENDRES

L'ICONOCLASTE
ROMAN

Au lac

Mon père a été vite endormi, finalement. J'ai grimpé à l'étage et j'ai repoussé les volets de ma chambre. Du bois de Monsieur est montée une fraîcheur d'humus, ici la terre reste humide même en été. On devinait au loin Le Charouzech et ses plages caillouteuses bordées de sapin. Le lac avait sa teinte noire. Dans le silence se sont révélés tous ces chuchotements, froissements et petits cris de la présence animale. Taupes, hérissons, crapauds, chouettes. Les grandes chasses nocturnes. Une famille de chauves-souris a battu l'air à coups d'ailes saccadés.

Sur la route en surplomb, une moissonneuse-batteuse a pris le virage, en lâchant une sécheresse de paille. La saison est courte et orageuse, alors on moissonne dans l'urgence jusqu'à la nuit tombée.

On avait dîné en silence, mon père et moi, lui dos au lac. Un jet-ski tournait furieusement sur l'eau en hurlant, les vagues battaient le mur de soutènement et l'odeur du fioul montait jusqu'à nous, écœurante. Maintenant chaque repas durait trois quarts d'heure, tant sa mastication était lente. D'un coup, les mots me sont sortis, « Allez, papa, on retourne à Montpellier. » On n'allait quand même pas se faire mal pendant une semaine. Doucement il a levé la tête, est-ce qu'il m'avait entendue ? Je me demandais ce qu'il devinait de moi depuis quelque temps, une silhouette réconfortante ? J'ai répété, « Allez, on s'en va. On passe la nuit au lac, et demain, je te ramène chez toi. » Et moi, je saute dans un TGV pour Paris aussi vite que je peux, le plus décemment possible, je me suis pensé.

Il découpait une prune au couteau, et chaque quartier était porté avec effort à la bouche. Dans le contre-jour du lac, ses boucles blanches scintillaient. Il a mis du temps à me répondre, le temps d'engloutir la prune, de replier sa serviette et de fermer son Laguiole. « La nuit porte conseil », il a fini par lâcher. Je n'ai rien répondu. Plus il déclinait et plus j'étais obéissante.

Après le repas, j'ai fait son lit. Les murs avaient été blanchis, la tête de lit en bois massif remplacée par un simple sommier. À la place de la coiffeuse à plateau de marbre de ma mère, c'était maintenant le vide. Et le poster mièvre qui la surplombait depuis toujours, une tête de femme évanescente, disparu, lui aussi. On n'allait pas le regretter, celui-là. Sa valise en tissu écossais était posée par terre, ouverte. Elle ne contenait presque rien, une minuscule trousse de toilette gonflée par le rasoir électrique, un polo et une chemise, la veste en laine dans laquelle il serait enterré l'année suivante, quelques chaussettes et trois slips blancs de coton à l'ouverture distendue. Il me semblait les connaître depuis l'enfance, ces slips.

J'ai dû l'engueuler pour qu'il accepte de dormir dans sa chambre. « C'est plus ma chambre ! » il criait depuis notre arrivée. « C'est plus ma chambre », il a prononcé une dernière fois dans un souffle, avant de prendre le couloir et de disparaître.

Je suis restée longtemps allongée dans l'obscurité, fenêtre ouverte, cette première nuit au lac. Lorsque j'ai rallumé le plafonnier, des centaines d'insectes constellaient les murs. De grosses mouches de ferme, des moucherons, des taons, que j'ai chassés à coups de t-shirt. Des papillons de nuit, rendus fous par l'ampoule, tournoyaient à l'aveugle. Pourquoi sont-ils si laids, comparés à leurs frères du jour?

Je me suis réveillée tard, le dimanche matin. Au travers des volets on devinait la lumière, vive déjà. Si on partait aujourd'hui, le mieux serait avant le déjeuner, pour éviter la chaleur dans la descente vers le sud.

Quand je suis sortie sur la terrasse, mon père inspectait le jardin, il avançait méfiant, en tâtant le sol du pied. L'herbe jaunie était parsemée de pissenlits et de taupinières. Tout lui devenait hostile maintenant, même les lieux qu'il avait façonnés. J'ai descendu les trois marches et me suis approchée de lui. Contre le mur de la terrasse, les rosiers n'avaient pas été taillés ce printemps, les branches étaient lourdes de fleurs. Une douleur m'est venue, comme une pierre. Un pressentiment. C'était notre dernière fois au lac. Même dans les tourments de la nuit, ce sommeil dans lequel j'avais fini par sombrer, je ne m'étais pas formulé la phrase dans sa simplicité. C'est notre dernière fois au lac.

Mon père avait l'air paisible, comme si les larmes de la veille s'étaient évaporées sans laisser de trace. Il paraît que tout cicatrise plus vite, en fin de vie, les chagrins et les bonheurs. «Alors, on part?» j'ai demandé. J'ai vu son dos se redresser, devenir un bâton. «Non, il a répondu, non.» Deux fois il a dit non. «On reste le temps qu'on a dit.» «T'es sûr?» j'ai tenté. Le vent se levait sur le lac. Sur la plage en bas du jardin, trois jeunes femmes s'étaient déjà installées sur des transats, sûrement qu'elles venaient du camping d'à côté. Leurs mômes s'éclaboussaient pour la conquête d'une bouée géante en forme de pneu.

Est-ce que je m'étais jamais révoltée contre mon père? J'avais pris la tangente à vingt ans, et loin. Pourtant, au milieu de ma cinquantaine, j'étais redevenue une gentille fille, passant du temps auprès de lui, des week-ends réguliers, des vacances en été. Mais, après la douche, comme si les «non» de mon père m'avaient donné un coup de fouet, j'ai passé la porte. Il me fallait marcher.

Depuis l'arrière de la maison, il y a juste la route à traverser pour entrer dans le bois de Monsieur. J'ai rejoint le chemin qui grimpe de biais dans la vieille hêtraie. À flanc de colline, le bois est un territoire clos sur lui-même, opaque aux bruits, à la lumière. Un territoire en noir et blanc, hauts troncs à l'écorce claire, aux stries abstraites. On devine le ciel brillant, et les piaillements d'oiseaux perchés sur la canopée, jamais ils ne descendent au creux des arbres, au risque de ne pouvoir en réchapper.

J'ai soufflé, à mi-course. Quelle était cette laisse qui me ramenait au pays chaque année, comme un chien à sa niche d'origine? Mes pieds étaient déjà trempés par l'humus. «C'est un beau pays que le vôtre», me dit-on souvent, en entendant dans ma bouche résonner l'accent d'ici, chantant et rauque. «Et vous êtes de quel coin?» Un trou du cul du monde, je me retiens de répondre. Ce pays si noir. Le noir est la couleur des toiles de Pierre Soulages, le peintre local, tel le granit veiné de lumière dans lequel on taillait autrefois les menhirs et les croix.

Quand j'ai émergé du bois, le vent m'a fouetté le visage, rafraîchissant mes joues. Sur le plateau, l'herbe était pelée par la tramontane et le silence tourbillonnant. J'ai emprunté le chemin de crête, vers la jasse de Monaco. Elle se tenait toujours à flanc de colline, basse et lourde, imposante de solitude. J'ai monté mon appareil photo à l'œil, et la bâtisse s'est encadrée dans le viseur. Son toit de lauzes se détachait sur la haie de sapins la protégeant du nord. D'autres siècles lui passeraient dessus. Mon père avait rêvé de l'acheter. Il avait eu pas mal d'envies dans sa vie et en avait réalisé quelques-unes, mais pas celle-là : la jasse de Monaco était restée imprenable, le paysan avait refusé de la vendre au petit Espagnol. Oui, mon père était encore ce petit Espagnol arrivé au village en guenilles soixante-dix ans plus tôt. La revanche, l'enracinement, ç'aurait été de s'acheter un bâtiment de ferme, même une pauvre jasse battue par les vents. À moi aussi elle avait toujours plu, la jasse de Monaco. On l'aurait aménagée sommairement, ouvert quelques fenêtres, monté des cloisons, rien d'autre. Et sans doute aurait-il fallu aérer une année entière pour que les remugles de vaches, de paille et de poussière s'évaporent dans les hauteurs.

Je reprenais ma descente vers le lac quand mon portable a sonné. Jérôme. Deux mois au moins que je n'avais pas eu de ses nouvelles. Sans doute qu'il n'avait pas quitté la capitale, lui, chaque jour au bureau jusqu'à 20 heures. « C'est vraiment le pied, Paris en août, quand vous avez tous déserté », se moquait-il en nous accueillant à notre retour de vacances, bronzés et fourbus de nos semaines en huis clos familial, quand il était encore mon patron. Je l'ai imaginé prenant son café-clope en terrasse du Charbon, derrière la mairie du Xe, sur le versant propre de l'arrondissement, le regard papillonnant sur des filles fraîches fourchettant délicatement leur brunch à trente euros. « Alors t'es où, ma belle ? » il m'a demandé. « Ma belle. » Quel flatteur, ce Jérôme. Sa voix avait juste ce qu'il faut de vulgarité pour en imposer. J'ai esquivé, répondu un vague « dans le Sud ». Le Sud, pour Jérôme, c'était forcément la côte entre Nice et Menton. Au pire, l'ennui des grandes baraques avec piscine dans le Luberon.

Je n'allais pas avouer que j'étais en vacances avec mon père. Ça l'aurait fait ricaner, ou pire, il aurait trouvé ça génial. Ce sans-famille de Jérôme.

Il me voulait forcément quelque chose. Il n'appelait jamais gratuitement. Alors je l'ai laissé parler.

On avait débarqué le samedi en fin de matinée, chargés d'assez de draps, de serviettes de bain et de torchons pour un mois de vacances à dix. Son cerveau intégrerait-il avant sa mort que sa famille était en voie de dissolution ? Pendant que je vidais le coffre, mon père fourrageait maladroitement dans la serrure, sa minuscule valise à ses pieds. Si j'avais pu arrêter le film, ç'aurait été à cet instant précis : mon père à la vue de plus en plus basse, n'arrivant plus à ouvrir la maison du lac, s'escrimant en pestant du «*macarel*». Sitôt au pays, l'occitan remontait en lui telle l'eau pure d'une source.

Je suis entrée la première et, dans l'obscurité, j'ai pris le couloir jusqu'au compteur électrique. On sait se déplacer dans sa propre maison les yeux fermés, le corps a mémorisé les distances d'un mur à l'autre, les passages de pièce en pièce, l'emplacement des interrupteurs. Quelque chose avait changé mais quoi ? L'odeur. Ce n'était plus l'odeur confite qui nous assaillait à chaque arrivée, l'humidité remontant du sol, les couches de poussière sur les meubles. L'émanation particulière que dégage chaque maison, qui est sa signature. Mes parents l'avaient achetée il y a trente ans au moins. Les murs avaient emprisonné nos effluves tout au long de ces semaines de vacances passées ici en famille, mon père et ma mère, puis mon père seul après la disparition de ma mère, mon mari et moi, avec une fille puis deux, mon frère Miguel, sa femme Myriam et ses fils. Souvent des cousins venaient nous y rejoindre pour quelques jours, issus de la lignée maternelle exclusivement, puisque celle de mon père s'était asséchée dans l'exil.

Mais la maison ne respirait plus rien. Flottaient des relents suspects de peinture et de plâtre. J'ai relevé le disjoncteur et la lumière a jailli.

Dans l'après-midi, j'ai arraché le téléphone des mains de mon père, il tâtonnait d'un doigt sur le clavier, ruminant le nom de Miguel depuis son réveil de la sieste, il allait voir ce qu'il allait voir, celui-là. « On va s'en sortir ! » j'ai crié. Quelle phrase bizarre, mais ça a suffi pour le calmer. Il a reposé le combiné et, de ses pas traînants, il est parti s'asseoir sur la terrasse. Moi aussi j'avais envie d'engueuler mon frère, lui dire des phrases définitives et répéter celle que notre père, figé dans l'entrée de sa chambre, avait prononcée la veille, avec cette colère froide que je ne lui connaissais plus, « Puisqu'on veut plus de moi, je vais me jeter dans le lac. »

J'ai compté sur mes doigts : encore six jours à tirer ici.

Aurélie a interrompu le silence du dîner, le dimanche soir. Je n'avais pas encore mis un pied au village, et pourtant elle savait qu'on était là, et ça m'a plu de l'entendre rire dans le portable, et qu'elle m'ait démasquée. Quelqu'un avait dû croiser la Mercedes à notre arrivée ou bien voir les volets de la maison ouverts, depuis la route en surplomb. Mon père a levé la tête de son assiette, « C'est Miguel ? » il a demandé, plein d'espoir. Miguel, on s'en occupera plus tard, j'ai pensé. Ça m'énervait qu'il ait déjà oublié sa colère. Le lendemain, il y avait marché paysan. « Rendez-vous aux Peupliers, vers 18 heures », m'a ordonné Aurélie. Elle avait une dernière vieille dame à visiter, vers 17 h 30, sur la route des Monts. Ça devait être rapide. On pouvait même dîner aux Peupliers, saucisses et aligot. « Sûrement que ça te manque, la Parisienne. »

« La Parisienne ». Elle seule avait le droit de se moquer de moi.

La nuit est venue lentement. Je me suis allongée sur le nouveau lit, le matelas était dur. La petite table que j'avais peinte en bleu avait sûrement fini à la décharge ainsi que la commode aux tiroirs tarabiscotés. Ma chambre comme celle de mon père était devenue aussi impersonnelle que celle d'un hôtel. Tant de nuits d'été j'avais passées ici, du temps où mes filles dormaient à côté, épuisées d'une journée à nager et courir et crier. Du temps de mon mari absent, absorbé par ses « contraintes professionnelles » comme il disait. Mes filles avaient grandi, mon mari était parti. On était face à face, maintenant, avec mon père. Je l'accompagnais dans sa fin de vie. Je n'aimais pas ça, non. Je n'aimais pas l'observer diminuer, et moi vieillir à ses côtés. Une vieille fille, j'étais devenue. Une vieille fille souvent en colère, d'une colère rentrée, silencieuse.

Ses ronflements d'ours sont montés jusqu'à moi. Dans la nuit, ils ont traversé le rez-de-chaussée, grimpé la cage d'escalier et sont venus me cueillir dans ma soupente. Je crois avoir passé les nuits de ce dernier été au lac les yeux ouverts. Même endormie, je restais en alerte. J'entendais mon père se lever quatre ou cinq fois pour aller pisser. Il reniflait, tournait dans le salon. Depuis notre arrivée, il ne s'était pas assis une seule fois dans le canapé en cuir qui avait surgi du grand chambardement.

Si je me souviens bien de la journée du lundi, elle s'est passée sans drame. Mon père était silencieux, il ne se plaignait même plus de sa chambre. Je suis allée remplir le frigo au Leclerc de Pont-de-Salars, on a déjeuné, fait la sieste. À mon réveil, l'ordinateur sur les genoux, j'ai relu le message de Jérôme, « cette patte de velours » dont il me demandait d'enrober son rapport en pièce jointe. « Les autres ne savent pas faire comme toi, commentait-il, et tu sais combien les clients adorent ça. » Parfois il me faisait penser à mon père, Jérôme, ça me le rendait sympathique. Le sens des affaires. L'intelligence des petites vanités humaines. De temps en temps, j'acceptais des extras pour lui, en catimini de mon boulot. Ça me permettait de financer les études de mes filles. « Mille euros, si tu me fais ça dans la semaine» il m'avait proposé au téléphone. «Mille cinq cents», j'avais rétorqué aussi sec. «T'as pas honte de gâcher mes vacances?»

J'ai ouvert le fichier, l'ai balayé d'un œil et refermé immédiatement. Ça ne serait pas compliqué. Il m'était arrivé de coucher avec Jérôme, maintenant j'en avais perdu l'envie, l'envie de lui ou d'un autre, personne ne suscitait plus mon désir depuis quelque temps. Est-ce que c'était simplement une baisse normale des hormones, avec l'âge? Dans l'hiver, on s'était retrouvés à quelques-uns dans un bar après une soirée professionnelle. Dehors, le froid de la nuit montait du trottoir, et sous les néons agressifs, de méchantes rides venaient entailler nos sourires. On avait échangé des nouvelles, avec Jérôme, rien d'important, du superficiel et quelques ragots. Et soudain je l'avais regardé avec les yeux lavés de l'habitude, j'avais vu le renflement du ventre sous la chemise tendue. Lui aussi s'amollissait, il m'aurait presque redonné envie, maintenant qu'il avait perdu de sa superbe. La puissance, ce truc-là monté du dedans, qui faisait que nous n'avions jamais peur, avant, le sursaut vital chaque matin quand on posait un pied au sol en sortant du lit, on en avait même perdu le souvenir, non ? Ça revenait parfois fugacement, un éclat de lumière en ville, un succès au boulot. La mélancolie de l'après-cinquantaine. La mélancolie de notre génération qui avait trop vécu, dans ses débuts. Paris était un grand fleuve impassible, entretenant la fièvre d'en être. Cela durait de belles années, puis venait l'inexorable, le lent engloutissement.

J'ai refait un tour de la maison dans l'après-midi et n'ai toujours pas trouvé la photo de ma mère. Son portrait avait disparu du salon, ainsi que le buffet sur lequel il était posé. C'était la dernière photo que j'avais faite de « ma fantôme », comme je l'appelais depuis quelque temps. Ses cheveux avaient alors repoussé, oh pas grand-chose, un duvet gris d'un centimètre, mais cela pouvait passer pour une coupe courte volontaire, tant son visage était reposé, étonnamment confiant. Au fil des ans, une sorte d'autel naïf s'était constitué autour du portrait. Sur un carré de dentelle fine, il y avait une coquille d'escargot, une tête de rose séchée, plusieurs galets peints en bleu par mes filles un jour de pluie d'été, et une dame de cœur qu'elles avaient soustraite d'un jeu de cartes. Comment savaient-elles que leur grand-mère avait tant aimé jouer et gagner, elles qui ne l'avaient pas connue ?

Mais son sourire avait disparu, ainsi que ces minuscules grâces de la Terre sur lesquelles on se courbait, l'œil vif et la main curieuse, lors de nos promenades.

Je me suis retenue de textoter à mon frère : « La propriété, c'est le vol. » Mon doigt est resté en suspens au-dessus du clavier. Il aurait compris la référence, Miguel, il avait été longtemps trotskiste.

Un peu avant 18 heures, je suis montée au village après avoir préparé une salade de tomates et d'oignons frais pour le dîner de mon père. Il avait un peu râlé, « Tu me laisses seul ? », et puis il s'était assoupi et j'en avais profité. J'ai tourné un moment avant de pouvoir me garer, c'était dingue tous ces touristes qui surgissaient d'on ne sait où les jours de marché. Il m'a fallu jouer fin pour me glisser entre deux voitures, près du cimetière. Il faudrait bien qu'on y rende visite à ma mère dans la semaine, avec une fleur en pot. Au café des Peupliers, ils avaient profité de l'hiver pour réaménager la terrasse façon lounge, et Aurélie squattait déjà la banquette. Elle se roulait une cigarette quand j'ai surgi.

Elle avait une dizaine d'années de moins que moi. On ne se voyait qu'une fois par an, maintenant que je venais seulement en été. Le lien s'était noué ces dernières années, les coups de fil avaient été de plus en plus réguliers, pourquoi, je ne sais pas. Je ne lui disais rien de ma vie parisienne. Les nouvelles du village ne m'intéressaient pas. C'est parce qu'on se tenait à l'écart du quotidien qu'on osait se dire le cœur de nos existences, peut-être, certains dimanches soir. Le grand silence des fins de jour, quand les horizons se contractent et que l'humidité remonte de la terre et du ciel, saisissant les chairs. J'étais allongée sur mon canapé, de temps en temps un avion amorçait sa descente vers Roissy et ses feux de navigation dessinaient des pointillés sur le ciel noir. Je l'imaginais dans sa grange, perdue sous le haut volume de son séjour aux pierres nues, dans le silence pur. Même les chênes, dehors, ne bruissaient pas, ils résistaient au vent dans l'épaisseur de leur bois. À moi, on ne peut pas faire croire que les solitudes sont plus grandes dans les villes surpeuplées.

Ses deux frères avaient repris la ferme, près du château de Larguiès. Des collines de blé blond et un cheptel d'une centaine de laitières. À dix-huit ans, Aurélie était partie à Toulouse faire une école d'infirmière, elle s'y était bien amusée, mais bon. Quelques années à l'hôpital d'Albi, puis elle était rentrée au pays travailler comme infirmière libérale. Retour à l'*ostal*. Ce mot occitan, qui dit à la fois la maison et la lignée.

Je l'aimais bien Aurélie, je ne parle qu'aux gens que j'aime. Elle a levé le bras en direction du patron, a commandé deux pastis, « S'il te plaît, Serge ! » On n'allait pas laisser la main aux touristes. Nos mères avaient été amies dès l'école primaire et inséparables jusqu'à la mort de la mienne. Un de ses derniers étés, je les avais surprises sous l'ombre fraîche du sapin. Ma mère portait un foulard fleuri après une nouvelle série de chimiothérapies, à un moment Jacquie avait eu le geste de saisir son visage des deux mains et de le poser contre ses seins. Elles étaient restées comme ça longtemps sans parler.

« Et ton père, alors, il est pas venu », a constaté Aurélie. J'ai louvoyé, c'était compliqué pour lui de piétiner au marché, avec tout ce monde. Elle m'a dévisagée. Qu'est-ce qu'elle devinait sur ma figure? Peut-être qu'à sa mère je pourrais raconter notre arrivée au lac. L'odeur de peinture. Les pleurs de mon père. Pour l'instant, j'étais encore aveuglée par la scène.

Non, je n'allais pas raconter maintenant, pas à la terrasse des Peupliers.

Aurélie passait la moitié de son temps en voiture, sur des routes de campagne, à visiter des malades isolés. Des vieux auxquels elle prenait la tension et préparait les piluliers. Sa dernière visite de la journée, c'était toujours pour une infirmière en retraite devenue diabétique avec qui elle prenait le temps de discuter. Elle se rendait dans des hameaux perdus qu'on ne pouvait soupçonner depuis la route. Aurélie aimait parler, ça m'a arrangée, cet été-là. Elle portait ce jour de marché une robe à fines fleurs qui lui laissait le dos et les épaules dénudées, et moi, comme chaque jour au pays, j'étais dans ma tenue relâchée, vieux jean et t-shirt basique. Est-ce qu'ils m'avaient jamais vue ici habillée autrement? Ils devaient cancaner sur mes habits de pauvre fille.

Ils savaient bien, pourtant. Paris. La prétendue réussite.

À un moment, elle s'est penchée vers moi et m'a murmuré la grande affaire de l'année, un cocufiage monumental, frère et belle-sœur devenus amants, et qui s'étaient fait la belle, la veille de Noël. La famille dépouillée brutalement de deux de ses membres. Autour de la table de réveillon, tous se regardant en chiens de faïence. Depuis combien de temps le désir planait-il, invisible, au-dessus des repas de famille ?

Se faire la belle. J'ai savouré l'expression.

Moi aussi plusieurs fois dans ma vie je m'étais fait la belle.

Aurélie parlait maintenant à voix basse en levant la tête de temps en temps, pour surveiller les allées et venues sur la terrasse. Est-ce que je devinais de qui elle parlait ? Elle a levé son verre en direction de Serge, en train de prendre la commande d'une grande tablée, plus loin.

« Ah d'accord. »

La femme de Serge. Avec son frère.

Je la revois attraper les verres de bière sales et les noyer d'eau. Servir des verres de rosé à des types sans âge, cantonniers, électriciens, retraités. Elle se tenait derrière le comptoir, belle et revêche. Ne lâchant jamais un bonjour. Ses yeux d'une fixité terrifiante, comme si son regard filait au-delà, dans une contrée imaginaire. Certaines femmes ont le désespoir foudroyant.

On a commandé un deuxième pastis. Une guêpe tournait autour de mon verre, excitée par l'odeur d'anis. Il allait falloir que je mange quelque chose avant de reprendre la Mercedes, depuis le temps que j'avais envie de la flanquer dans un fossé, ça finirait bien par arriver.

J'ai mis du temps à m'extirper de la banquette, pendant que Aurélie était partie payer à la caisse et, pas plus tôt revenue, elle m'a glissé à l'oreille que maintenant, derrière le comptoir, il y avait une jeune nana toute tatouée.

L'aligot tournait dans les chaudrons et de la grosse saucisse grésillait, envoyant des vapeurs de graisse qui ouvraient la faim. Des haut-parleurs diffusaient de la musique de supermarché. Tout était pareil chaque année. Les étals de raisins et d'abricots, tenus par des producteurs de l'Hérault venus en voisins. La camionnette aux pizzas, celle aux poulets grillés, les vieilles paysannes exhibant sur une planche trois volailles vidées, deux foies gras en bocaux et des pommes de terre nouvelles. Les néoruraux, leur fromage de brebis et leurs bijoux en faux argent. Quelques vieux du coin déambulaient, les bras croisés dans le dos, effarés et excités par cette invasion. Et c'était toujours un attroupement devant le stand de fringues. Deux grandes Flamandes, mère et fille, se plaquaient sur le corps des robes bradées dix euros, en faisant la moue.

La statue de la Vierge surplombait les stands. Un été, elle nous était apparue dans son grand apparat, repeinte de couleurs acidulées. Sa longue cape en bleu tendre. La couronne aux douze étoiles passées à l'or peut-être, tant elle brillait. À ses pieds, un zoo : lion, taureau, aigle et serpent, ainsi qu'un ange aux cheveux blonds mignonnement bouclés, sur lesquels le peintre s'en était donné à cœur joie dans une riche palette. Bras tendus vers le Ciel, la Vierge fervente écrasait d'un pied dédaigneux le Mal entortillé autour de sa cheville.

Mais la statue était maintenant redevenue une vieille chose, ses couleurs s'étaient flétries, et plus personne n'y prêtait attention. J'avais faim, et j'étais fatiguée, j'avais quitté le boulot harassée fin juillet et, ici, ce n'était pas des vacances. Aurélie s'est arrêtée devant un stand de primeurs et a acheté fruits et légumes pour la semaine. Sa mère ne se courbait plus sur la terre pour en faire surgir pommes de terre, haricots, oignons. La tradition du jardin était perdue, cette quasi-autosubsistance, viande et fromage compris, qui avait perduré ici jusque dans les années quatre-vingt. Aurélie a tâté un melon puis m'a tendu un gros grain de raisin noir arraché à une grappe. « Tiens, goûte, et dis-moi si tu en trouves des comme ça là-haut. »

La peau épaisse a craqué sous mes dents et la pulpe a juté dans ma bouche. C'était du sucre, un sucre lourd et parfumé. Une chaleur sur la langue, comme si le soleil s'était concentré dans un seul grain. Tant de sensations à vivre au ralenti, à répéter, encore et encore. J'avais faim, oui, j'aurais dévoré un plat de patates sautées à l'ail.

Je m'essuyais la bouche quand j'ai senti un regard me chercher, perçant la foule compacte. Il venait du côté de l'ancienne école laïque, celle où mon père avait assez appris en trois ans de scolarité pour tenir toute une vie. Collé au portail rouillé, un homme était planté derrière une planche posée sur deux tréteaux. Je me suis approchée d'un air faussement intéressé. Sur les sachets en papier kraft étaient tracés d'une écriture ronde des noms de tisanes : tilleul, verveine, camomille, menthe poivrée, thym. Il se tenait les mains dans les poches, me fixant de ses yeux noirs, même maintenant que j'étais face à lui. Si maigre que son jean tombait sur ses hanches. Ces hommes efflanqués m'ont toujours séduite, moi qui suis petite et ronde. Comme si la maigreur laissait mieux percer la vérité de l'âme. Il m'a apostrophée, un demi-sourire aux lèvres, « Salut, Hélène. » Souvent, au village, des gens m'appellent par mon prénom et je suis incapable de renvoyer la balle, depuis longtemps j'ai perdu la permanence des choses. Heureusement Aurélie est arrivée dans mon dos et s'est exclamée, « Eh ben, Patrick, tu vas pas les vendre, tes tisanes, si tu indiques pas le prix ! »

Patrick.

Je ne reconnaissais rien de lui, même pas sa bouche. Je l'avais connue, sa bouche, pourtant. Son visage buriné était celui d'un vieux, ridé et sec. Non. Je ne reconnaissais rien du Patrick que j'avais connu. Sauf cette pose nonchalante, et peut-être ce demi-sourire, oui, ce demi-sourire arrogant, comme disaient les profs à la fac.

Le pastis ne s'était pas encore dilué dans mes veines quand j'ai pris le volant. On s'était juste acheté un sandwich au jambon de pays, avec Aurélie, on l'avait mangé debout sur la place, ça n'allait pas suffire. La nuit tombait tard en ce début d'août, mais dans la descente du bois de Monsieur, sur la route étroite perçant au travers des arbres, tout s'est assombri et j'ai senti d'un coup la Mercedes se laisser avaler par la pente. J'ai braqué au dernier moment dans un virage, contraignant la voiture comme on tire sur les rênes d'un cheval. Mon sang était lourd d'alcool, lourd et nerveux. L'apparition de Patrick sur la place de la Vierge tenait de la résurrection. Ces dernières années j'avais quelquefois cherché son nom sur le web, en vain. Enfin si. J'avais trouvé un Patrick Massix serveur de bar à Perpignan. Il avait la quarantaine et sur son profil Facebook un Snoopy affichait ce message : « L'homme amoureux vit d'amour et d'eau fraîche. Une fois marié il ajoute du Ricard. Conclusion : la première cause de l'alcoolisme en France, c'est la femme. »

Jamais personne n'avait évoqué son nom devant moi, au village, ces trente dernières années, même pas Serge, et surtout pas mon père. Et je me serais bien gardée de le prononcer.

J'ai fini la route à petite vitesse jusqu'à la maison. Son toit s'est détaché sur la rangée de sapins qui nous isolait du camping municipal. J'ai garé la voiture à l'arrière et suis entrée par la cuisine. L'assiette sale de mon père était abandonnée sur la table, avec son fond d'huile et de jus de tomates.

Sa silhouette se dessinait sur la terrasse, immobile. Il devait dormir. J'ai crié, «J'ai acheté de bons raisins, t'en veux une grappe?» Je savais pourtant que ça ne servait à rien de crier.

Il faisait presque frais maintenant, à proximité de l'eau. C'était soirée salsa au camping du Charouzech. Le DJ avait poussé les basses au maximum, et les ondes sonores venaient en vagues agressives frapper le mur de soutènement, en bas du jardin. *Bam. Bam.* Heureusement que mon père était sourd. Je suis venue face à lui, il s'est réveillé, ses yeux étaient troubles, «Alors, y avait du monde au marché? Tu as croisé des gens?»

Je n'allais pas lui parler de Patrick. Je n'allais pas le mettre en colère pour la nuit.

Une fois mon père parti au lit, je me suis posée sur la terrasse, les pieds sur la rambarde, l'anti-moustique à portée de main. Des loupiotes colorées clignotaient sur la rive d'en face. Le Charouzech logeait maintenant ses clients dans des bungalows trois étoiles, seul le camping voisin accueillait encore des tentes familiales et d'antiques caravanes. Le DJ avait abandonné la salsa pour du rock gentillet. Des ados se prenaient sûrement les lèvres, ça devait être maladroit et volcanique. Est-ce qu'on s'embrassait, avec Patrick? Est-ce qu'on avait eu une histoire ensemble? Je remontais trop souvent le temps pour m'interroger sur ce que j'avais vécu avec les hommes. Dix ans auparavant, un matin, mon mari avait surgi de notre chambre, lourd de plusieurs couches de vestes et manteau, poussant la grosse valise à roulettes. Je finissais mon thé, debout devant le plan de cuisine. Il avait lancé, d'un ton furieux, «Je m'en vais!» De notre chambre à la porte il y avait moins de dix pas et le temps que cette phrase pourtant élémentaire fasse son chemin dans mon cerveau, il avait déjà passé le seuil et disparu. Et avec lui la valise à coque dure, le plus grand modèle que nous avions trouvé alors que les filles étaient encore des gamines. La valise que nous avions déballée une semaine auparavant, de retour de vacances au lac. Cette valise rouge avait été engloutie telle une pierre avalée par les abysses.

Je me suis réveillée lestée d'une phrase: «La maison se dissout de l'intérieur.» Ce genre de messages sibyllins qui surgissent entre deux rêves, on devient son propre détective à tenter de les décrypter. Cette fois-ci, il était facile à comprendre. De l'*ostal*, bientôt, il ne me resterait que des souvenirs. Mais de quelle illusion de bonheur est-ce que je m'abusais moi-même? Combien d'étés d'ennui en famille, à décompter les jours passés, ceux qui restaient à traverser, et à reprendre espoir lorsque se dessinait la fin du séjour? La répétition des rituels. Courses au village, boucherie-boulangerie-épicerie. Fera-t-on une grillade aujourd'hui? Café aux Peupliers le matin, jus d'abricot pour les filles. Trop de touristes cette année. Pas assez de touristes. Quelle pluie. Quelle canicule. Le vieux père autoritaire. La mère morte trop tôt. Seules mes filles, leurs plongeons dans l'eau et leurs questions sans fin sur les insectes, me sauvaient de la platitude des jours.

Plutôt que d'encenser la mémoire, est-ce que je pouvais reconnaître que la maison du lac m'avait toujours fait peur ? Lors des pluies d'été, je me collais à la baie vitrée, me laissant absorber par la tourbe noire des eaux. Car les lacs sont une menace, malins sont ceux qui refusent de vivre à proximité de leurs rivages. Une amie de passage était partie très vite, quelques années auparavant, clamant violemment son angoisse, « Je n'aime pas ces eaux, elles sont funèbres. » Sous la surface plane se tapissait dans les profondeurs un monde englouti : rivières, champs, moulin, fermes. Les arbres coupés à ras étaient devenus charbons noirs. Ces eaux si froides qu'elles asphyxient lorsqu'on y plonge. Y prospèrent des brochets monstrueux, dit-on, et puis tant de gens s'y étaient noyés depuis la construction du barrage. On racontait des histoires terrifiantes : une barque avec cinq jeunes gens se renversant brutalement et sans raison. Aucun survivant. Un pêcheur, du côté d'Arvieu, dont on n'avait retrouvé que les bottes. Tant de disparus qui n'avaient jamais été rendus, on imaginait des corps pourrissants accrochés aux souches, flottant dans les courants, telles des bannières guerrières.

On ne s'était parlé de rien, avec mon père, depuis notre arrivée, ni de la maison, ni de Miguel, ni de ce foutu héritage. Mon père de toute façon ne reconnaissait jamais ses conneries.

Demain, oui demain au plus tard, j'appellerais mon frère.

Alors que j'arrivais en bas, j'ai entendu mon père pousser de la voix. Il était question de porte abîmée et d'imbécile en fourgon, et celle qui était au bout du fil, car c'était une femme j'en étais sûre, ne pouvait pas en placer une. « Mais pourquoi t'as pas appelé l'assurance tout de suite ? » il criait.

Il avait déménagé son fauteuil en osier près du téléphone, dans le couloir. Sa main tenait fermement le combiné gris, une antiquité des années quatre-vingt, et il l'avait collé à l'oreille pour ne rien perdre. Il tonnait de la voix comme si son interlocutrice était à dix mille kilomètres. Soudain, il a deviné ma présence et m'a appelée. « Oui, je suis là, papa. » J'aurais voulu ficher le camp, le déposer chez lui à Montpellier et remonter à Paris, mais j'étais toujours là, accrochée au lac et à mon père comme si je n'avais pas d'existence ailleurs. « Tu parlais avec qui ? » je lui ai demandé. Il a lâché un nom, « Rosie. » D'où la sortait-il, cette veuve ? Est-ce qu'il m'en avait déjà parlé ? Parfois, je ne l'écoutais qu'à moitié, la tête dans mes propres histoires.

Rosie et lui avaient pris rendez-vous pour 16 heures, chez elle, après la digestion et la sieste, dans ce milieu d'après-midi si long en été.

Maintenant, mon père ne fréquentait plus que des veuves. Après la mort de ma mère, il s'amusait à appeler « ses infirmières » les femmes qui lui avaient succédé.

Rosie Malvergne. Pendant le déjeuner, il m'a tancée comme si j'étais une élève inattentive. Oui, il avait dû m'en parler, de Rosie, j'avais oublié. La-plus-belle-fille-du-village. Mon père en avait encore des roucoulements dans la voix, soixante ans plus tard. Je l'ai imaginée en Bardot des campagnes, longs cheveux montés en choucroute, talons aiguilles sous jupe évasée à gros pois. Le cinéma qu'on se fait. Une intouchable qui ne frayait pas avec les gars du coin, les modestes, les laborieux aux ongles noirs, les paysans qui sentaient la bête. Rosie, la fille du notaire, sur laquelle l'œil brûlant d'Evaristo s'attardait quand elle traversait la place au bras de Jocelyne, la fille du restaurateur. Elle, mon père semblait l'avoir plus qu'approchée, si je me souvenais bien.

La fille du notaire. L'appellation faisait surgir une série de vignettes datées, toute une société de petits notables, maire, instituteur, précepteur, notaire, dépositaires des secrets d'argent et de concupiscence, dans ces communautés rurales où tout se savait, où l'on savait se taire, aussi.

Qu'est-ce qu'il en restait, de cette vie de village, maintenant? Je vivais sur une autre planète, et n'en devinait plus rien.

J'ai entretenu la conversation, pour une fois le repas n'était pas d'un silence mortel. Rosie s'était mariée loin du village, avec un ingénieur dans le nucléaire, elle avait eu un fils devenu avocat, et depuis un demi-siècle au moins elle habitait à Paris, du côté de Montmartre. « Ça doit être un beau quartier ? », m'interrogeait mon père qui n'était monté que deux fois à Paris, au milieu des années cinquante pour son voyage de noces, puis, plus tard, pour mon propre mariage. J'ai acquiescé, « Oui, c'est un beau quartier, Montmartre. » Et puis son mari était mort l'été d'avant et c'est ainsi que tout s'était noué. Il a dit tel quel, « Tout s'est noué. » Rosie conservait des attaches au pays, elle y avait toujours sa maison de famille, près de l'ancien horloger, « C'est une belle baraque, tu peux me croire », elle y passait l'été, et l'une de ses cousines éloignées, la Marthe, celle qui vit au Pré-Bibal, eh bien, toutes les deux, elles s'appelaient souvent, et Rosie, depuis Paris, était au courant de tout. Et maintenant, Rosie et lui s'appelaient une ou deux fois par semaine.

C'est Marthe qui lui avait donné son numéro, mais comment et pourquoi, mystère.

Ils allaient se revoir, enfin.

Il m'arrivait encore de découvrir des pans inconnus de la vie de mon père, des proches dont je n'avais jamais soupçonné l'existence, dont il me parlait pour la première fois alors qu'il venait d'apprendre dans le *Midi libre* leur disparition. Il me racontait des fiestas, des ruptures. Et je m'en étonnais, comme une gamine persuadée que la vie de ses parents se résume à ce dont elle a été témoin. Mon père était un personnage empli de secrets. Il nous faut du temps, à chacun de nous, pour comprendre que les existences des parents sont bien plus vastes que cet instant furtif où l'alliance de leurs cellules nous a donné la vie.

À 15 h 30, il m'a intimé l'ordre d'aller faire chauffer sa Mercedes, sa vieille Merco de gitan, lourde et cabossée de partout. Je l'ai attendu dix minutes, moteur ronronnant empestant le diesel, avant qu'il apparaisse. Mon cher père s'était changé, il avait enfilé le polo noir et les mocassins en daim clair qu'on avait achetés à Montpellier avant notre départ, était-ce en prévision de ses retrouvailles avec Rosie ?

Il a descendu les marches lentement en se tenant à la rampe, flamboyant. Ses cheveux blancs éclairaient son visage mat. Ils n'avaient presque rien perdu de leur souplesse, tournant à la boucle sitôt qu'ils gagnaient en longueur. Sa silhouette s'était tassée, mais il avait maigri depuis qu'il avait passé sa quatre-vingtième année, et ainsi allégé, sans plus de boudin au ventre, la nuque droite, le regard direct, il avait retrouvé sa sécheresse nerveuse, celle avec laquelle il avait dompté la vie.

Désormais il avait du mal à s'installer dans la Mercedes, la lourdeur de la portière, le fauteuil bas, les jambes à allonger. Mais une fois assis, il a posé ses lunettes de soleil sur le nez, de larges montures rectangulaires qui lui mangeaient le visage et en accentuaient la matité. Puis, abaissant la vitre, il a laissé dépasser son coude à l'extérieur et m'a ordonné de démarrer. Je m'y suis reprise à plusieurs fois pour passer la marche arrière et il n'a même pas tiqué, mais alors que je débouchais sur la départementale, il a ordonné: « Prends la route du lac, pas celle du bois. »

C'était l'un de ces après-midi merveilleux. L'adjectif semble ne pas appartenir à mon lexique, et pourtant. Comme mon père redevenu fringant, le pays s'était installé dans la vigueur de l'été, une chaleur douce montait tout au long du jour, jamais agressive. Sur le plateau, dans ce « Midi moins le quart » comme on dit, les nuits fraîches remettent chaque matin les compteurs à zéro.

Au milieu des années cinquante, les vallées avaient été inondées lors de pharaoniques chantiers d'Électricité de France. Ces glorieuses années d'après-guerre avaient l'énergie insatiable. Une fois les fermes noyées, cinq lacs miroitants aux vastes bras d'eau avaient surgi. Alentour, les champs étaient devenus campings, lotissements, colonies de vacances, supermarchés, boîtes de nuit. Vacances pour tous et complément de revenus pour les gens du coin. La route du lac se tenait dans l'ombre de la forêt, de temps en temps le soleil trouait la masse de sapins et m'éblouissait. En contrebas, on devinait des corps allongés sur leur serviette, des palanquées d'enfants s'amusant dans l'eau. Le lac scintillait, comme ces cristaux de mica que j'y ramassais, enfant. Dans cet après-midi sans vent, les planches à voile étaient à la peine, de temps en temps l'une s'abattait d'un coup. Mon père prenait l'air par la vitre baissée. À quoi pensait-il tout au long des heures, jours et nuits sans plus aucune activité, ni travail ni divertissement ? Même la lecture des journaux, il avait abandonné.

Il n'y avait aucune voiture sur le pont de la Cléta, ni en face ni derrière, alors je l'ai traversé lentement, saluant d'un coup d'œil le bouquet de fleurs artificielles ficelé à la rambarde depuis des années. Les couleurs en étaient perpétuellement vives, comme si quelqu'un se chargeait régulièrement de le remplacer, une fois le précédent fané par le gel et le soleil. Les vies anonymes, les vies tragiques, s'enracinent dans nos émotions par un rien, un bouquet en plastique attaché à du béton gris. Sans doute que ce bouquet commémorait la mort de jeunes gens, de retour d'une soirée en boîte ou chez un pote, la vieille Clio avait été donnée par un oncle, le conducteur venait de décrocher son permis, il était saoul, les filles endormies à l'arrière. La nuit était sombre, un rideau de nuages tiré devant la lune. Le pont avait surgi dans un virage, il aurait fallu débrayer et braquer, mais c'est ainsi, le grand sacrifice de la jeunesse sous le glaive de la vitesse et la faux de l'alcool. La voiture avait dérapé, percuté la rambarde et l'avait défoncée assez pour basculer dans le vide et s'enfoncer dans le lac. Personne n'avait entendu le fracas de la tôle contre le béton, la grande claque sur l'eau et la brusque expulsion d'air qui avait signifié l'engloutissement de la vieille Clio et de ses passagers. Puis plus rien. La surface à nouveau plane. Je m'étais souvent représenté la scène. J'avais joué sur les variations, accéléré la violence du choc, fignolé l'esthétique du basculement, la traînée des phares, la courbe plongeante dans un ralenti inexorable. Le rouge des feux arrière et le noir du décor. La nuit redevenue impassible.

J'y ai longtemps cru, à cette histoire-là. Mais il ne faut jamais croire aux histoires simples.

À la sortie du pont, j'ai jeté un œil sur la plage des Vernhes, en contrebas. Des années que je ne m'y étais pas baignée, pourtant elle avait quelque chose, cette plage. Les chênes au bord de l'eau qui donnent de l'ombre. Le bar où les mômes vont acheter des bières pour les parents et se rapportent des glaces. Une atmosphère idyllique tant qu'on ne découvre pas un cadavre dans un fond de barque.

On est entrés dans le village vers quatre heures moins dix. Il était désert et déprimant comme d'ordinaire l'après-midi. Le parking était quasi vide, alors j'ai pu garer la Merco à ma place préférée, sous la statue défraîchie de la Vierge. Mon père a repoussé la portière, posé un pied dehors et soudain il s'est tourné vers moi et m'a posé une question inattendue. Est-ce que je me souvenais de la marque de cigarettes que fumait ma mère ? Ma réponse a fusé : des Royale rouge. « Oui, c'est ça, il a répété lentement, elle fumait des Royale rouge. » Comment m'en étais-je souvenue après tout ce temps ? Mon père a souri. On l'avait fait revenir avec nous, ma mère. Rarement on parlait d'elle. Parfois je me la représente heureuse. Elle est sur la terrasse, face au lac, elle tient une cigarette entre ses doigts fins, la porte à sa bouche et tire dessus doucement. Sitôt malade, elle avait arrêté de fumer, elle n'aurait pas dû. Royale rouge. Le dessin m'est revenu : un grand voilier fonçant toutes voiles dehors sur les flots, sans crainte des pirates. Même le goût du tabac de ces années-là s'est consumé.

Mon père pensait à sa fumeuse de femme disparue depuis un quart de siècle alors qu'il avait rendez-vous avec Rosie. « Attends-moi au café, on sait jamais », il m'a ordonné. On ne sait jamais ce que la vie nous réserve, tu as bien raison, papa. Je l'ai regardé dépasser le Petit Casino. Si j'avais bien compris ses explications, Rosie habitait la grosse bâtisse au coin de la rue, à la façade presque aveugle. Les pièces à vivre devaient se tenir à l'arrière. Il m'avait parlé d'un jardin de curé, de ses poiriers et de sa vigne vierge. Je l'ai suivi du regard jusqu'au perron. La porte avait l'air d'être fracturée sur le bas. Quand il a eu soulevé le heurtoir à tête de femme, j'ai tourné le pas. Le canapé en rotin était libre sur la terrasse des Peupliers, alors j'ai pris mes aises, me suis allumé une cigarette et j'ai commandé un Coca.

C'est la jeune serveuse qui est venue me servir, et pendant qu'elle décapsulait la bouteille, mon regard est remonté le long de son tatouage, un lierre aux grandes fleurs épanouies, grimpant depuis sa main gauche jusqu'à l'épaule, et s'enfouissant sous le t-shirt. Un CDD d'été, sûrement. Ou bien espérer plus pour Serge, maintenant que sa femme s'était enfuie ? Je l'ai cherché de l'œil. On l'avait embarqué à Barcelone, avec Patrick. C'était la première fois qu'il passait la frontière, il faisait le malin dans les bars, il croyait parler espagnol. Après l'accident de voiture, face à mon père en furie, il s'était dégonflé, comme si Patrick lui avait mis une arme sur la tempe pour l'obliger à nous suivre. Quel idiot.

L'Anglais est sorti de son hôtel-restaurant, de l'autre côté de la place. On l'appelait « l'Anglais » comme on avait appelé mon père « le petit Espagnol » pendant des décennies. Dans le temps, le restaurant accueillait des banquets de quatre-vingts personnes, ils s'en souvenaient, les vieux. L'Anglais avait loué pour presque rien la bâtisse à l'abandon. On disait qu'il avait été chassé de son pays par le chômage, il était arrivé avec femme, enfants et parents. Il fallait résister à l'hiver du plateau, mais le brouillard était-il plus rude que celui du Lancashire ? Lui et sa femme avaient du mal à parler français encore, mais les gamins l'avaient vite appris dans la cour de récréation, avec l'accent d'ici, même. C'était leur bouffe qu'on critiquait, il n'y avait que les gens de passage pour s'y laisser prendre. Des menus qu'ils croyaient adaptés aux estomacs indigènes, des sauces lourdes à la moutarde ou à la crème, les sempiternelles frites accompagnant même le poisson, et la basse côte rouge et filandreuse découpée dans un bœuf du pays, qu'ils cuisaient jusqu'à la semelle, et au beurre.

Ils avaient conservé le nom d'origine, l'hôtel-restaurant du Lac. Tant de commerces étaient du lac, dans les environs, pâtisserie du Lac, garage du Lac, pressing du Lac.

L'Anglais est monté dans un 4×4 Dacia et a pris la direction des hauteurs. Bientôt, il passera pour un paysan d'ici. La démarche lente et lourde. La peau qui commence à se couperoser.

«Alors, t'es venue quelques jours en vacances?» Serge se tenait devant moi, bras ballants, un torchon pendu à sa ceinture. Pourquoi me parlait-il de vacances alors que j'étais en séjour forcé? Il avait vieilli depuis l'été dernier, quelque chose dans son regard, la paupière s'était affaissée sur l'œil. Ces hivers passés derrière le comptoir. Il n'était jamais parti, lui, pas comme Patrick ou Aurélie. Même pas pour quelques années d'études foireuses à Montpellier ou à Toulouse.

Il ne m'a même pas laissé le temps de répondre, « Et ton frère aussi, il est là ? » il a poursuivi. Qu'est-ce qu'il s'occupait de mon frère ? Je lui avais mis une dérouillée une fois, à Serge, je l'avais attrapé par les épaules et de rage l'avais jeté à terre, parce qu'il s'était moqué de mes nattes, de mon vélo orange ou de mon existence de fille, de tout ça ou d'autre chose, qu'importe. Je pourrais recommencer, j'ai pensé, et ça m'a fait du bien dans l'instant, c'est toujours réconfortant de se rappeler qu'on a pu plusieurs fois dans sa vie se battre physiquement, sans peur aucune.

Sa méchante curiosité a été vite déviée, car mon père s'amenait déjà de sa démarche bringuebalante. Il s'est arrêté devant le Petit Casino, comme cherchant sa direction, alors que la place du village avait été longtemps son royaume. L'ouïe et la vue défaillantes, le pas tâtonnant, il devait maintenant se débrouiller avec sa mémoire et son intelligence.

J'aurais pu lever le bras et crier « Papa ! ». On s'était habitués l'un à l'autre ces dernières années. J'acceptais de le regarder aller vers la mort. Je lui tendais la main au moment où il acceptait de la prendre. Parfois il me donnait de l'affectueux « ma Nanette », et je restais écartelée entre l'attendrissement et la réaction offusquée. Non mais, il sait quel âge j'ai ? Bêtasse que j'étais.

J'ai entendu Serge marmonner, à moitié rigolard, « Il est moins vif qu'avant Évariste, ça s'arrange pas. »

Ferme ta gueule, j'ai pensé tout bas.

Ça faisait quoi, tout juste un quart d'heure qu'il avait frappé à la porte de Rosie. Il a enfin repéré la Mercedes et a traversé la rue en diagonale. J'ai accéléré jusqu'à lui, « Eh papa, ça a été rapide, dis donc. » Il a fait le sourd. C'est une fois assis dans l'habitacle qu'il a fini par répondre, avec l'air de celui qu'on vient d'escroquer, « Tu te rends compte, elle a besoin de deux cannes, Rosie. Deux cannes. Je l'ai même pas reconnue. »

Mon père me fatiguait, avec cette Rosie resurgie de plus d'un demi-siècle d'oubli. Il était déjà parti dans un de ses soliloques, repassant encore et encore sur ce scandale, « Deux cannes, tu te rends compte ? Une si belle femme. Mais comment c'est possible, comment on peut changer à ce point ? » Il ne lui avait même pas laissé le temps de lui offrir un café, deux cannes qu'elle avait maintenant Rosie, elle qui avait été la-plus-belle-fille-du-village. L'intouchable.

« Allez, on va faire un tour, démarre », il a soudain lâché, reprenant ses esprits.

Alors on est sortis du village par le nord. J'ai pris la direction du plateau des Fagettes, je n'y étais pas montée depuis plusieurs années et pourtant j'aime ça, quand le pays se libère de la pesanteur de la terre. Quand il touche au ciel.

On a grimpé un quart d'heure en lacets. Mon père s'est enfoncé dans ses pensées. Rosie l'avait trompé, de ne pas avoir été fidèle au fantasme qu'elle avait incarné, du temps où elle faisait battre le sang dans sa verge. Les femmes sont fautives, quand elles n'excitent plus les hommes. Vitres baissées, le vent frais, revigorant, tournoyait dans l'habitacle, comme pour nous laver. Sur la crête, une trentaine d'éoliennes s'alignaient dans une ligne de fuite parfaite. Les pales tournaient en rythme, aussi déconcertantes que les vaches du coin lorsqu'elles vous dévisagent, le regard impassible. Le ciel immense était chargé de nuages. La terre n'était plus qu'une bande étroite aux couleurs tendres de blé et de trèfle.

J'ai quitté la route pour un chemin forestier, et contourné de plusieurs coups de volant des trous d'eau. Il paraissait qu'il avait beaucoup plu, la semaine d'avant. Des coupes sévères entaillaient la forêt, le sol meurtri était parsemé de fougères et d'épines mortes. On a fini par s'arrêter sur un terre-plein boueux, et la tête passée par la vitre, se cassant le cou pour mesurer les éoliennes, on s'est esbaudis, « Oh oh, tu les vois ? » Mon père et moi, chaque fois qu'on venait aux éoliennes, on pensait à l'Espagne. On ne s'en était jamais rien dit, on n'en avait pas besoin. Lui comme moi, j'en étais sûre, chaque fois qu'on montait aux Fagettes, on se souvenait des éoliennes plantées sur l'ancienne ligne de front, au-dessus de Torralba, son village natal.

On a fini par sortir de la voiture, et je l'ai regardé s'approcher des sapins. Dans cette forêt plantée au nord, même en plein été c'était une humidité de pourriture qui montait du sol. Il a attrapé une grosse branche et a touillé la terre avec, soulevant des feuilles mortes. Depuis la visite éclair à Rosie, il était mutique, et même la beauté des éoliennes, cette fascination qu'il avait toujours eue pour la technologie ne lui arrachaient pas un mot.

Et pareillement la littérature est muette, au lecteur de la charger de sa colère, de sa honte, de ses drames. Cet été-là, tout était silence, les eaux funèbres du lac, la maison aux fantômes, la chambre du père.

Le regard de Patrick sur moi, le soir du marché. C'est moi qui le cherchais des yeux, dans la pénombre de la pièce basse où il croyait se cacher, quand on allait au lait avec mes cousines. Au travers du plancher aux lattes disjointes s'échappaient de l'étable les effluves des bêtes et de la paille souillée. Sa mère plongeait une louche dans le bidon et versait le lait chaud et suffocant d'odeurs dans notre gamelle en aluminium. Et puis, de la même main qui avait trait les vaches, elle enfournait les pièces dans son tablier.

Dix ans après, Patrick surgissait dans la lumière montpelliéraine, pérorant avec sa bande derrière les amphis préfabriqués de Paul-Valéry. Par quelle folie s'était-on tous les deux retrouvés en cursus de philosophie, on ne craignait pas pour notre avenir dans ces temps-là. On racontait qu'il était le protégé d'un jeune prof, un spécialiste de Spinoza, brillant et iconoclaste, et qu'à eux deux, pendant les TD, les fois où Patrick daignait être présent, c'était une gymnastique de concepts.

Je me suis accroupie devant la bibliothèque, à l'étage. Depuis des décennies je n'avais pas ouvert un livre de philo, et les quelques-uns rescapés de mes études, je les avais abandonnés au lac, avec ma collection de romans. Miguel se moquait de mes lectures, « ta littérature », comme il disait. On avait eu un jour une violente dispute, elles étaient rares, nous étions depuis l'enfance deux adversaires s'évitant. La bibliothèque était pleine aux trois quarts de ses livres à lui, bouquins d'histoire et essais politiques. Il en avait brandi un tout flétri, cette fois-là, *Les écrivains contre la Commune*, et était devenu soudain agressif, « Qu'est-ce que tu te crois, avec tes petits romans parisiens ! Tu devrais lire ça ! Oui, même Zola, ce bourgeois qui soi-disant s'épanchait sur les pauvres mineurs, n'a pas supporté la Commune ! »

Il avait crié si fort que mon père avait surgi dans l'escalier, il s'était inquiété, qui pouvait nous mettre en colère comme ça ? C'était qui ce Zola ?

Mon père aimait bien quand Miguel poussait de la voix.

Et Miguel aimait bien donner des leçons d'histoire et de pureté révolutionnaire.

Mais une fois accroupie devant les étagères, j'ai mesuré le désastre. La presque totalité de mes livres avait disparu, ces vieux poches jaunis qui tapissent le fond de notre mémoire romanesque, les Maupassant, Balzac, Flaubert, ces romans populaires dans lesquels j'avais appris à lire, les Guy des Cars, Pearl Buck, Maurois, Bromfield. Quelques romans avaient été épargnés, un polar de Izzo, Annie Ernaux, Thomas Bernhard et Jack Kerouac, chacun en un seul exemplaire. Ainsi qu'un essai de philo, sûrement sauvé par hasard, notre vademecum d'étudiants provinciaux qui croyaient manier les concepts contemporains alors que nous ne maîtrisions rien des maîtres anciens. Vincent Descombes, *Le Même et l'Autre. Quarante-cinq ans de philosophie française (1933-1978)*. Au dos étaient cités tous ces noms qu'il fallait alors pratiquer, Kojène,

Sartre et Merleau-Ponty, Foucault, Althusser, Serres, Derrida, Lyotard et Deleuze. J'ai feuilleté le livre et une enveloppe en est tombée, vierge de toute adresse. Deux lignes manuscrites étaient écrites au verso :

chéRie
tu seras Là ce soir ?

L'écriture de Patrick. Je l'ai reconnue d'emblée, moi qui avais oublié son visage. Cela aurait été manigancé dans un roman, on n'y aurait pas cru, à cette coïncidence. La réapparition d'un vieil amant et, deux jours plus tard, un mot de lui surgissant d'entre les pages d'un livre. Non, on ne peut pas croire au destin frappant deux fois de suite.

Je me souvenais qu'en marge de mes brouillons de dissertation, ses lettres étaient liées maladroitement et, parfois, une capitale survenait en milieu du mot, comme dans ce message de lui, sur une enveloppe sale.

chéRie
tu seras Là ce soir ?

M'appelait-il « chéRie » pendant l'amour ? Il avait dû laisser le mot sur la table de ma chambre d'étudiante, couloir de quelques mètres carrés au lit étroit sur lequel on se collait, peaux et odeurs. Deux phrases pour dire qu'il reviendrait bientôt écraser joyeusement son grand corps nerveux sur le mien.

J'avais vingt ans alors. J'ai toujours vingt ans au fond de moi, et soudain je redécouvrais qu'on avait peut-être été amoureux, Patrick et moi. Ce mot « chéRie », si bizarrement rehaussé d'un R magistral. D'où me venait cette impossibilité à me dire amoureuse et à reconnaître qu'on pouvait l'être de moi ?

Le lendemain, je finissais de petit-déjeuner quand Aurélie m'a appelée, me sauvant de la mélancolie du matin. Le pays natal m'inoculait à chaque fois son venin, celui de la passivité. Elle travaillait jusqu'à 14 heures, et après, elle viendrait me chercher, fallait qu'on se fasse une plage. Elle s'est moquée, j'avais bien pris un maillot au moins ? Elle avait la réputation d'être drôle, Aurélie. Mais combien d'amuseurs sont plombés par une tristesse secrète, papillons éblouis par la lumière des ténèbres, croyant se sauver en battant vivement des ailes, courant à leur épuisement.

Je crois avoir entendu mon père téléphoner à Rosie pendant ma sieste. Depuis la veille il n'avait pas prononcé son nom, mais le petit manège du désir semblait bien vite s'être remis à tourner.

Toujours aussi irrépressible, le désir, même quand le corps ne suit plus. Il avait dû raviver des images.

J'allais finir par jalouser mon père d'y croire encore.

Aurélie a débarqué en début d'après-midi, elle a monté les trois marches de la terrasse, s'est penchée sur mon père pour lui faire la bise et c'était comme s'il avait reçu une décharge électrique, « Oh que tu sens bon, toi ! » Mon sac était prêt, alors on s'est enfuies, deux adolescentes en route pour la plage, confidences et bronzage.

Le champ qui surplombait Les Vernhes avait été transformé en parking sauvage. En contrebas de la route, c'était une anse à plusieurs paliers. D'abord une bande d'herbe où des familles finissaient de pique-niquer avec leur attirail de chaises et de tables pliantes. Puis une rangée de vieux chênes ombrageant la plage au sable grossier. Ça avait un goût de Canada, enfin j'imaginais ainsi la placidité du Canada profond, les paysages authentiques, la vie simple. Un canoë filait sur l'eau. Des gamins avaient investi un ponton et s'acharnaient à se pousser à la flotte. Le bar avait quelque chose de sauvage et de fragile. Ce lieu soudain me réconciliait avec des vacances au pays.

Aurélie a vite fait glisser sa robe à ses pieds et s'est montrée dans son corps de femme accompli, à fesses et à seins. Sauvage et fragile Aurélie, elle aussi. L'an dernier, elle avait été opérée d'une endométriose longue et douloureuse, elle n'avait plus d'utérus ni d'ovaires, sinon, se serait-elle fait faire un enfant par un gars du coin, même pour l'élever seule? Un dimanche soir, j'avais écouté ses pleurs, et puis elle avait mis fin à la conversation par un définitif: «Maintenant que tu sais, n'en parlons plus.» Plus de questions ni de phrases de réconfort, elle ne voulait rien entendre. Je l'ai regardée s'allonger sur sa serviette, ses yeux invisibles sous ses lunettes opaques. Je me suis demandé ce qu'elle faisait de ses soirées. Moi qui courais toujours partout. La suractivité contre l'ennui. «Tu t'allonges pas?» elle m'a dit. Non. Je préférais me jeter tout de suite à l'eau. Trois jours que j'étais ici et je ne m'étais pas baignée.

L'eau m'a coulé dessus, vivifiante. Je suis partie en brasse, lentement, dépassant le ponton et les gosses, les quelques hors-bord modestes attachés à des chaînes. Dix bonnes minutes droit devant, vers le pont de la Cléta. Un nuage de vase se levait dans mon sillon. Il faut s'habituer, dans les lacs, à ne rien percevoir de la profondeur, nager dans une masse froide, chargée de terre, qui ne porte pas. Et fermer le flux de son imaginaire pour continuer à avancer, se moquer de ce qui se joue en dessous, frôlements et courants.

De retour, en m'approchant de la rive, j'ai cherché Aurélie. Soudain, je l'ai aperçue en bout de plage, discutant avec un groupe. Sans doute avait-elle retrouvé des gens du coin. Elle connaissait tout le monde à des kilomètres à la ronde, jeunes types et vieilles paysannes, son métier d'infirmière la faisait entrer partout. Je suis remontée sur la plage avec précaution, la plante des pieds malmenée par le sol caillouteux.

Il y avait deux hommes et une femme, ainsi que trois ados. La femme m'a auscultée, l'œil bizarre, interrogatif ou peut-être gêné. Elle ne s'était pas déshabillée. Son jean, coupé en dessous du genou, était effiloché, et sa chemise à grosses fleurs tombait sur ses larges cuisses. Elle a interpellé Aurélie, en train de discuter avec le plus jeune des types,

« Y a ta copine qui revient toute mouillée. » Aurélie s'est tournée vers moi. J'ai envié son maillot deux-pièces, un petit truc tout mignon, et son rire moqueur, « Ah oui, tu es bien mouillée, tu as pris la pluie ou quoi ? » Je suis restée à l'arrêt, comme si j'avais sauté un épisode. Un quart d'heure à l'eau, et soudain je n'appartenais plus à l'histoire. « Reste pas debout, allez, prends une bière », elle m'a dit rudement.

Mes cheveux dégoulinaient, je me les suis essuyés rapidement. Un des trois packs était déjà vide. La bière devait être chaude, elle allait me filer un méchant mal de tête. La femme m'en a décapsulé une avec son briquet. « En plus, vous vous connaissez toutes les deux, hein, Brigitte ? » a lancé Aurélie.

Brigitte.

Comment j'aurais pu la reconnaître, elle aussi ? Ces joues gonflées, ces petits yeux enfoncés. Les effets de l'alcool sur le visage des femmes, j'ai toujours détesté ça. Trente ans qu'on ne s'était pas vues, comme son frère, finalement. Plus que son frère. Elle a présenté d'un doigt son mari, Fred, le jeune frère de son mari, Seb, puis leurs deux enfants et un copain à eux. Ils vivaient à Aurillac. Pourquoi Aurillac ? j'ai pensé, et c'était stupide. Pourquoi pas Aurillac.

« Ah, c'est drôle, on a croisé ton frère au marché lundi », j'ai pas pu m'empêcher de dire. Fallait bien faire la conversation.

Non, elle n'était pas encore montée voir Patrick dans sa « masure ». Son frère et son mari, c'était pas le grand amour. Et puis ils restaient juste trois jours au lac. Ils avaient trouvé un bout de terrain pour garer le van et planter une tente, dans un creux de virage discret, près des Faux. En plein au bord de l'eau. Parce que maintenant, on pouvait même plus s'installer gratuitement sur les rives, elle a râlé. « Y a plus de liberté de rien, tu trouves pas ? »

Elle ne m'a pas demandé où je vivais, si j'avais des gosses ni rien.

Brigitte Massix. Décidément, c'était l'été des retrouvailles.

Les bières sont devenues des cadavres. Je suis partie acheter des chips et des cacahuètes au bar, histoire de me remplir l'estomac, et aussi de participer aux frais. La plage s'est vidée, les familles remballaient leur attirail et leurs mômes. Les trois ados ont investi un pédalo abandonné sur le sable. Enfin on ne les entendait plus gueuler.

Désormais on percevait chaque passage de véhicule sur le pont de la Cléta, un roulement saccadé sur les plaques de béton.

On était devenu un cercle, un cercle uni par l'alcool. Qu'est-ce qu'elle avait su de Patrick et de moi, Brigitte ? J'ai failli lui demander le numéro de téléphone de son frère, elle devait l'avoir même s'ils ne se fréquentaient plus. L'ivresse, la plage, l'illusion des vacances, tous mes muscles s'étaient relâchés, tout était possible.

Et puis non.

Aurélie était collée à Seb depuis un moment. Elle était allongée sur le ventre, et lui, assis près d'elle, se penchait pour l'écouter. Il avait de longs cheveux noués en queue-de-cheval, qui venaient effleurer son dos nu. Il devait avoir tout juste trente ans. Plombier, avait dit Brigitte. « Il travaille trop, Seb, on l'a obligé à venir, faut qu'il se change les idées. »

Le mari, lui, n'ouvrait pas la bouche. Un type revêche, j'ai pensé. Il ne m'avait pas jeté un seul regard. Qu'est-ce qu'il voyait de moi, une frimeuse ?

L'humidité remontait du lac et, tout d'un coup, je me suis rendu compte en allumant mon portable qu'il était presque 20 heures. Merde. Mon père. Je l'avais oublié.

Aurélie m'a déposée à la maison et a vite disparu dans l'allée, elle devait être pressée de rejoindre leur feu de camp. J'avais surpris des conciliabules, en remontant de la plage, une histoire de merguez à faire griller. Brigitte avait eu un salut de la main pas franc pour me dire adieu, un de ces trucs d'exclusion qui réactivent de méchants souvenirs de cour de récréation et d'arrivée à Paris.

Mon père dormait torse nu dans le salon, sur une chaise en plastique. Il était cassé sur lui-même, la tête posée sur l'épaule droite, la bouche ouverte. J'ai contourné le fauteuil pour me placer face à lui et lui lancer, « Papa ? » Il avait été un homme corpulent, fort sur ses jambes, épais du tronc. Maintenant sa peau était une enveloppe trop grande, elle bâillait de partout, en plis sur le torse et boudins sur le ventre. Les bras vidés de leurs muscles conservaient encore une fermeté, mais, sur l'arrière, c'était une grande voile parcheminée. Et ses seins, mon dieu ses seins, comme j'en avais honte, adolescente, lorsqu'il les exhibait l'été, les attrapant des mains dans un geste obscène. Ses seins bizarrement proéminents. Ils tombaient maintenant comme ceux d'une vieille femme. Seul son visage avait peu changé. Ceux qui l'avaient croisé dans sa trentaine conquérante, le coude nonchalant posé sur le capot de sa Traction, l'auraient sûrement reconnu à sa tête imposante et fière. Sa peau méditerranéenne, qui captait d'emblée le soleil, l'habillait d'ombre. Désormais il vivait presque confiné, protégeant sa peau, ses yeux de la lumière, lui qui avait été un homme du dehors, un homme de la route et des chantiers, des nuits d'hôtel et des serveuses de bar.

La première fois qu'il s'était endormi comme ça, la bouche ouverte, j'en avais été terrifiée. Cela lui arrivait de plus en plus souvent, à n'importe quel moment de la journée. Comme si ses activités vitales s'arrêtaient d'un coup, respiration, battements du cœur, vie psychique. Son sommeil n'était traversé sûrement d'aucun rêve tant son corps devenait minéral. Une petite mort temporaire, dont il émergeait sans plus savoir qui il était, écarquillant les yeux, cherchant quelque chose de la main, un objet, un appui, ou bien la posant à tâtons sur son visage, en aveugle. On a tant vécu quand on a traversé presque un siècle, dans quel corps ouvrait-il les yeux lorsque la conscience revenait ? Se réveillait-il enfant pendant la guerre ? Dans quelle histoire, avec quelle femme ? Dans le désir ou la perte ?

La bouche ouverte. C'était cela qui me terrifiait le plus, à chaque fois. La bouche d'un mort. Pourquoi les morts gardent-ils la bouche ouverte ? J'avais cherché une explication dans une revue de thanatologie, j'ai de ces lectures parfois. La mâchoire inférieure, du fait de son poids, entraînait l'ouverture de la bouche, alors, pour « remédier à cette béance », on utilisait diverses techniques, linge serré autour de la tête, mentonnière calée entre le menton et la poitrine, ou carrément ligature de la bouche. À l'aide d'une aiguille courbe, le fil passait de la langue au maxillaire inférieur, puis attachait gencives, lèvres, cartilage du nez. Tout était précisément détaillé afin que la famille puisse se recueillir devant une bouche définitivement close.

« Paaapaaa ! » j'ai crié. Ses paupières se sont un peu soulevées, pupilles grises fixées sur moi, elles ont mis du temps à me reconnaître. De ses écouteurs sans fil branchés sur la télé s'échappait la voix d'un journaliste, j'ai cru entendre les mots habituels de cet été-là, « bombardements », « Alep », « Daesh ».

J'avais espéré que la bière et la nage m'aideraient à trouver le sommeil, à le faire tomber sur moi comme une pierre. J'aime cette expression, « comme une pierre ». Je dis, par exemple, pleurer comme une pierre, se durcir comme une pierre. Je me suis tournée et retournée dans mon lit, mais rien. J'avais laissé les volets entrouverts, et la clarté de la lune venait taper sur les murs de la soupente, révélant sa nudité. La chambre avait été vidée de ses meubles et de la dizaine de photos que j'avais accrochées à touche-touche sur le mur en face du lit. Lac en hiver. Chemin de ronces. Barque retournée sur le sable. La photo la plus récente était la plus inquiétante : j'avais cadré le virage, au-dessus de la maison, la ligne blanche de démarcation tranchait sur le goudron, comme échappée de la menace du bois plongé dans l'ombre.

Ils avaient même fait disparaître mes photos.

C'est terrifiant, les chambres dont on a banni le souvenir de ceux qui y ont dormi. Les chambres sans mémoire. Est-ce qu'il croyait ainsi chasser les fantômes, Miguel ? Entre deux ronflements de mon père, j'aurais aimé entendre le pas léger de ma mère montant l'escalier. Un baiser sur le front et je me serais endormie.

Il me fallait me calmer, boire une tisane. « Tu veux des nuits sereines ? » Patrick avait lâché d'un ton ironique quand j'avais posé ma main sur un paquet de tilleul, au marché. Sitôt rentrée à la maison, j'avais jeté le sachet dans ma valise ouverte.

Est-ce la compassion qui me l'avait fait acheter ?

Le sachet était dissimulé sous un t-shirt à moitié sale. Sur le papier kraft, le mot « TiLLeul » était écrit en belles lettres rondes, avec, au milieu, deux L majuscules.

Patrick squattait une chambre dans un cinq-pièces appartenant à un étudiant en médecine, et même jeune et naïve, je finis par comprendre ce qui réunissait un fils de petits paysans des plateaux et un rejeton de la bourgeoisie protestante. Patrick n'était pas seulement un brillant étudiant en philo, il était aussi devenu dealer. Phénoménologie, shit et cocaïne. Il avait une intelligence hors normes, peur de rien, et un détachement absolu quant au regard des autres. Même devant son stand de tisanes, il m'avait défiée.

Je n'avais pas encore pris mes marques dans les amphis qu'il était venu vers moi. On aurait pu mettre cela sur le compte d'une solidarité des origines. J'avais sans doute besoin d'un coup de main pour les disserts, non ?

L'automne montpelliérain basculait dans l'arrière-saison, bientôt il faudrait passer une veste. Jamais je n'étais entrée dans un de ces immeubles du centre-ville, autour de la préfecture. La façade hautaine en pierres blanches de Castries avait son perron surmonté d'une coquille Saint-Jacques. J'avais grimpé l'escalier à rampe dorée en tendant le cou, et, au deuxième étage, un type m'avait ouvert. « Patrick est dans la cuisine », il avait lâché en me montrant un bout du couloir, puis il avait disparu de l'autre.

La cuisine était vaste et figée dans l'après-guerre. La grand-mère de l'étudiant en médecine était morte depuis peu, laissant le cinq-pièces à son seul petit-fils, et ce fils unique d'un fils unique, préférant la communauté à la solitude, avait invité sa bande à camper dans les meubles de la vieille dame. Patrick était assis à la grande table centrale à côté d'un barbu bien plus âgé que nous qui ne leva pas la tête à mon arrivée. Il me tira dans le couloir et, me désignant une porte, me demanda de l'attendre dans sa chambre. Sur le parquet était posé un matelas aux draps embrouillés. Près de la fenêtre donnant sur la cour intérieure, étouffée par des tentures en velours, se tenait un bureau antique. Un bordel de livres et de copies recouvrait son plateau marqueté.

Sitôt arrivé à Montpellier, Patrick était parti en mobylette à Palavas-les-Flots, ses plages de sable fin, ses glaces italiennes et ses restos à moules. C'était difficile à croire mais à dix-huit ans, alors qu'il était né à moins de deux cents kilomètres de la Méditerranée, jamais il n'avait vu la mer, jamais il n'était parti en vacances et, sauf durant les trois ans d'internat au lycée, il n'avait connu d'autres murs que la vieille bâtisse encaissée où il était né, au-dessus de l'étable, sans salle de bains ni intimité. À Palavas, pour la première fois il avait marché pieds nus dans le sable, reniflé les vagues chargées d'iode, le vent claquait ce jour-là, et tout l'avait étourdi.

J'avais attendu un bon moment dans sa chambre. Est-ce que c'était de la drague, ce rendez-vous, ou bien voulait-il vraiment m'aider pour cette dissertation sur Hume ? La conversation avec le barbu dura le temps de plusieurs bières, et puis la négociation fut conclue par quelques rails de coke, je le compris plus tard. Je le croisai d'autres fois, ce Paulo, docker sur le port de Sète, qui réceptionnait la marchandise à l'arrivée des ferries en provenance de Tanger.

Jamais il ne me dit bonjour. Je vis tant de gens défiler dans ce lieu que je finis par ne plus trouver déconcertant ce cocktail d'enfants de bourgeois et de voyous. Cela m'aida, plus tard, à Paris, pour me faire respecter. L'appartement était un navire en haute mer, dont les parquets grinçaient les jours de vent d'autan. J'écoutais, je me taisais, j'apprenais.

En sortant du lit, ce matin-là, j'ai buté sur les trois bouquins que j'avais sauvés de la bibliothèque dans l'idée de les rapporter à Paris. Ç'avait été une consolation de savoir que Miguel n'avait pas expurgé Thomas Bernhard, Annie Ernaux et Jack Kerouac, même si on était sortis depuis longtemps des illusions de l'enfance et de l'amour familial. *La Cave. La Place. Sur la route*. Presque un jeu de piste. Était-ce le hasard ou bien ces trois bouquins-là avaient-ils reçu son onction anti-bourgeoise pour qu'il les conserve parmi les siens ? À mes yeux, c'étaient des livres qui ne consolaient de rien.

Ça faisait deux jours que je voulais appeler mon frère. Ma colère était un peu retombée mais je la sentais monter dans ma poitrine à chaque réveil dans cette chambre qui ne m'appartenait plus. Miguel avait parlé à mon père de vacances en Espagne. Il était tout juste 8 heures, et je pouvais espérer le réveiller d'une cuite au mauvais rosé. Est-ce qu'ils baisaient encore, avec Myriam ? C'était un matin d'août et j'étais devenue l'huissier de mes frustrations. Est-ce que j'aurais le courage de lui parler de la maison méconnaissable, de la photo de ma fantôme de mère évaporée, de mes livres sûrement jetés ? Ou de la disparition de ce mug sur lequel était reproduit un bœuf de labour traînant son soc, dans lequel j'aimais prendre mon thé le matin. L'auteur de la gravure, un artiste local, avait été un peu célèbre dans le Paris de la fin du XIXe siècle.

Bizarrement, la disparition de ce mug m'énervait plus que tout.

Les sans-gloire m'émeuvent toujours.

J'ai cherché le nom de Miguel dans mes contacts, mais mon frère était encore enregistré sous celui de Michel. J'ai laissé sonner, la messagerie s'est enclenchée. « Dis donc, Michel, on est au lac, avec papa. J'aimerais bien te parler. »

Et j'ai raccroché.

J'ai tenu mon père par le bras pour lui faire prendre la planche en dénivelé qui menait à la terrasse des Peupliers. D'avoir traversé avec lui la place depuis la mairie, je mesurais combien sa marche devenait toujours plus instable. La circonférence de son monde se réduisait maintenant à la dizaine de pas qu'il arrivait à faire en continu. J'ai tiré une chaise, il a poussé un gros soupir de contentement en s'affaissant dessus. Il voulait « un vrai café », il m'avait dit dans la matinée, et aller au village. J'avais pris cela comme un bon signe.

Depuis son passage-éclair chez Rosie, mon père n'avait pas bougé du lac et n'avait rien réclamé, ni se rendre à la boucherie pour acheter des côtelettes de porc et deux plis de saucisse, son rituel, ni visiter ses vieilles copines, Maria et Jeannine, qui habitaient chacune une baraque immense, dans les petites rues du centre. L'été précédent, je l'avais accompagné dans sa tournée des veuves. Autour de l'église, toutes les vitrines de commerces étaient recouvertes de contreplaqué. Durant l'hiver, lors de l'une de nos longues conversations, Aurélie m'avait appris qu'il y avait une bonne trentaine de maisons en vente dans le cœur du village. Des bâtisses sur trois étages, humides et sombres tant le soleil ne pénétrait pas dans ces rues étroites. À chaque enterrement, l'une d'entre elles se fermait, et les héritiers en espéraient trop. Les jeunes couples préféraient construire dans les lotissements alentour : il leur fallait parfois des années pour les finitions, le crépi extérieur, l'aménagement du jardin, mais il y avait un poêle à bois écologique, la cuisine était ouverte sur le vaste séjour et au-delà, sur l'horizon des collines au travers des baies vitrées.

La serveuse au bras tatoué est venue prendre commande. La vue de mon père s'est soudain éclaircie et de sa voix rocailleuse il a demandé, « Mais c'est qui, elle, avec ces tatouages ? » « Chut », j'avais souvent envie de lui dire, mais il n'était pas un enfant et je n'étais pas sa mère. J'ai entendu des rires d'ados dans mon dos, peut-être en réaction à la remarque de mon père, peut-être pas. Ces rires, je les avais déjà eus dans l'oreille et ils m'avaient passablement énervée.

Je me suis retournée. C'était bien les trois ados de la plage des Vernhes qui tétaient à la paille des Sprite. Sans doute que Brigitte et son mari les avaient déposés là, le temps de faire des courses. Les garçons avaient cet air conquérant et idiot qu'ont les petits mecs à quinze ans, je bénissais le Ciel d'avoir eu des filles. L'autre jour, ils avaient largement participé à la vidange des packs de bière, sans que leurs parents réagissent, sauf quand ils avaient fini par poursuivre la gamine en l'aspergeant avec.

Je crois qu'elle m'a reconnue, elle était un peu plus jeune, treize ans peut-être. Elle a dessiné un petit sourire. J'ai pensé, C'est la nièce de Patrick. Est-ce qu'elle savait qui était son oncle, au moins? Un drôle de type, mais un type bien. On ne s'était pas dit grand-chose, tous les deux, au marché l'autre jour. On s'était regardés. Est-ce que je pouvais enfin reconnaître que j'avais envie de le revoir?

Mon père lampait lentement son café, son temps était suspendu, par moments il levait la tête et me disait trois mots. Brigitte a fini par surgir, accompagnée de son beau-frère chargé de sacs du Petit Casino. « Bonjour, comment allez-vous ? » j'ai lancé. Je faisais des mondanités au village, maintenant, c'était ridicule. Brigitte a tourné la tête vers moi, « Ah, salut ! » Bien sûr qu'elle savait, pour Patrick et moi, ils avaient tous su après le voyage à Barcelone, quand, au retour, on avait mis la voiture de ma mère dans un fossé dans la montée vers le col du Perthus. Mon père avait dû emprunter un camion à un copain entrepreneur pour venir récupérer la bagnole et nous avec. Patrick, Serge et moi serrés sur la banquette, figés et muets durant les trois heures de voyage. C'est une fois revenu au pays que mon père s'était libéré de sa grande rage, à peine le pied posé par terre sur la place de la Vierge, il avait claqué la portière du camion et hurlé à l'adresse de Patrick, « Fous le camp, connard, et t'approche plus jamais de ma fille ! »

Peut-être que Serge avait le téléphone de Patrick. Sûrement qu'il savait où il habitait. Je me suis levée, « Je vais aux toilettes, papa, je reviens. » Je suis entrée dans le bar, la serveuse était seule derrière le comptoir, pas de Serge. J'ai traversé la salle de restaurant et, par la vitrine, j'ai vu Brigitte filer un sachet de chips aux ados.

Les toilettes avaient été installées sous une voûte en pierre, c'était classe. De retour dans le bar, toujours pas de patron. Maintenant j'avais cette idée fixe, trouver le numéro de Patrick, ça chassait l'angoisse, d'avoir un but.

Brigitte et Seb dégustaient chacun un verre de blanc, je me suis avancée vers eux. « C'était sympa l'autre jour, hein ? Vous profitez, au bord du lac ? » C'est Seb qui m'a répondu, d'un ton naturel, il ne me connaissait pas, lui, « On retourne aux Vernhes cet après-midi, Aurélie va nous rejoindre, si ça te dit. » « T'aurais pas le numéro de Patrick ? j'ai tout d'un coup interrogé Brigitte. J'aurais un truc à lui demander. »

Brigitte a eu un petit sourire sournois, elle aurait pu me cracher dessus, je m'en moquais.

La route était étroite et sinueuse, elle s'enfonçait dans une de ces raspes sauvages qui surplombent la vallée du Tarn. J'ai débrayé en première pour faire frein moteur, et la Mercedes a eu un hoquet. Du pied j'ai dompté la tonne d'acier, doucement, toi, doucement. J'avais noté sur un bout de papier les indications données par Patrick, et me les étais répétées plusieurs fois avant de démarrer. Une fois le bois des Fagettes dépassé, il fallait prendre sur la gauche la route qui descend vers Curan, la suivre sur à peu près un kilomètre, et au moment où elle débouche sur un beau panorama de champs de blé, tourner à gauche sur le chemin de terre en pente. Il m'attendrait un peu plus loin.

La voilure de grands châtaigniers dissimulait le ciel. C'était un de ces paysages éclatants de végétation qu'on découvre parfois lorsqu'on quitte le plateau. Tout était vibrionnant sous les feuillages, insectes, papillons, pollens, poussières. Un monde minuscule et primitif. De temps en temps, un toit de tôle s'échappait des ramures, bâtiment d'élevage ou hangar se protégeant dans un creux de vallon des rigueurs de l'hiver. Sur ces contreforts, à quinze kilomètres du village, on s'enfonçait dans un pays d'autarcie. Ma grand-mère était née dans une de ces fermes, où, me racontait-elle, on gardait toujours une assiette pour le vagabond. Où l'on craignait que les loups, de faim, ne sortent des bois. Une terre indifférente aux hommes, puissante dans cette indifférence même, imperturbable aux saisons parce qu'elle en accepte les brûlures et la glace.

J'aurais parié qu'il habitait sur un puech, Patrick, un de ces monts venteux collés au ciel. Mais non.

Je lui avais téléphoné trois fois dans la matinée. Trois fois il n'avait pas répondu et je n'avais pas laissé de message. Mais il avait rappelé. Sa voix lente, détachant les syllabes, désormais apaisée. Il avait conservé quelques traces de ce roulement des « r » qui, à la fac, le désignait comme issu des terres paysannes. Il en jouait, avec les profs.

Ç'avait été un échange bref. Il n'avait pas demandé comment j'avais récupéré son numéro. Puisque je l'appelais, c'était pour se voir. On n'avait jamais fait de manières. Quand et où. Chez lui, il avait dit. Il ne venait au village que les jours de marché.

J'avais un peu hésité. Mais je l'avais appelé, non ? On ne s'était pas revus depuis vingt-huit ans. J'avais fait le décompte dans la nuit, vingt-huit ans avant qu'il réapparaisse derrière son stand de tisanes. Tout ce temps durant lequel je m'étais bâti une vie, en bonne maçonne que j'étais. J'avais construit une famille, même si elle avait fini par se dissoudre. Enfanté deux fois. Je m'étais implantée à Paris et avais fait carrière, alors que rien dans mes origines sociales ni géographiques ne m'y destinait, et sans rien forcer, étonnamment, sauf la lucidité. J'avais appris les formules de politesse et comment utiliser les couverts à table, adopté les codes de l'élégance décontractée et arrondi mes manières. Je n'avais conservé que mon accent, de la rocaille d'ici, âpre, et ce corps de paysanne, petit et trapu, dont les formes amples étaient la clef de survie depuis des millénaires pour résister aux travaux des champs et du foyer, nourrir la descendance et satisfaire l'homme. Et lui, qu'avait-il traversé? Les rares fois où je pensais à Patrick, c'était avec la conviction qu'il n'avait pas survécu au basculement dans l'âge adulte, quand on entre dans le dur de l'existence et qu'il faut tenir, longtemps, sans trop se renier. Une copine de fac, Violaine, qui a sûrement fini prof de philo, m'avait téléphoné quelques mois après mon arrivée à Paris, soi-disant pour savoir comment ça se passait pour moi à la capitale, « Pas trop dur? Tu t'adaptes? » Mais très vite elle avait lâché l'info qui lui importait. Patrick avait disparu du jour au lendemain, pas seulement de la fac mais de Montpellier, et les rumeurs couraient, la prison ou l'overdose.

Dans sa voix il y avait la jubilation de la gentille fille dont les méchantes prédictions se sont réalisées. « Mais qu'est-ce que tu fais avec ce sale type? » me répétait-elle, et c'était de la peur que je sentais en elle, la peur de ce qui est plus grand que soi, bouleversant, dangereux. Elle avait peur de lui, et c'était avoir peur d'elle-même.

La silhouette de Patrick a surgi au tournant. Il était adossé à un arbre, trente mètres devant, et fumait. Des nuages lourds filtraient le soleil mais entre deux soudain un rayon a percé, et tout le pays s'est éclairé d'une lumière chaude, et son visage aussi. Même à distance, il y avait quelque chose de dérangeant dans ses rides. Elles étaient trop nombreuses, trop appuyées, à la façon d'un trait grossier dans une BD. Je me suis jeté un coup d'œil dans le rétro. Et moi, comment j'avais vieilli depuis mes vingt ans, pas trop mal, non?

Il s'est aussitôt mis en marche, avançant vite devant la Mercedes pour m'ouvrir la voie. Maintenant qu'il était de dos, je le retrouvais, avec ses grandes jambes que j'avais si fréquemment regardées partir. Il s'était un peu voûté, mais il avait conservé cette nervosité dans la démarche, et quelque chose d'aérien, qui tenait sûrement à sa taille. Je me suis souvenue que je lui arrivais tout juste à l'épaule. On n'était pas souvent côte à côte pourtant, on ne se montrait pas trop ensemble, on préférait la position horizontale. De penser à ça, ça m'a fait sourire. C'était comme un aimant, ce truc physique que j'avais ressenti pour lui pendant un peu plus de deux ans. Une force d'attraction sur laquelle, dans ma post-adolescence, je n'avais posé aucun mot d'amour, à laquelle je n'avais attribué aucun sentiment romantique. Nous étions issus des mêmes terres. Nous n'avions pas eu à nous séduire. On s'était trouvés.

« Je fréquente pas sa masure », avait méchamment dit Brigitte à la plage. Le mot m'est revenu sitôt que je l'ai vue au travers du pare-brise. La maison était adossée à un mur de roche qui la protégeait du vent du nord. C'était sûrement une ancienne habitation saisonnière de berger, en pierres sèches, qu'on avait agrandie d'un appentis en bois. Je me suis garée sur le chemin, personne ne viendrait après moi.

Patrick s'est planté sur le seuil et a rallumé son mégot. Soudain, ça m'a paru cocasse, la vieille Mercedes de mon père me conduisant jusqu'à lui. À notre retour d'Espagne, ils s'étaient cherché des poings sous la statue de la Vierge, pendant que je hurlais, « Arrête, papa, c'est pas grave, on a rien ! » Deux mâles qui s'emplâtraient autour d'une carrosserie enfoncée. Ce n'était qu'un prétexte, cette histoire de bagnole finie dans un fossé. À la fin de l'été, j'étais partie à Paris.

C'est l'odeur, dans la pénombre, qui m'a surprise. Ce n'était pas une odeur désagréable, de saleté ou de confinement comme je m'y étais préparée. Mes narines ont vite discerné celle du vieux papier, une bibliothèque aux livres jaunis couvrait tout un mur. La pièce unique était propre et rénovée. Les murs débarrassés de leur crépi, dans la beauté de leurs pierres sèches. Un coin cuisine aménagé autour d'un plateau en bois, une vieille table et ses bancs. C'était rustique. Paisible. Habité. « C'est pas mal chez toi », j'ai souri. Il a attrapé deux verres et une bouteille dans le frigo et m'a invitée d'un geste. « Viens, t'as pas fini d'être étonnée. »

Je l'ai suivi dehors, à l'arrière de l'appentis.

Alors le paysage s'est ouvert.

On ne pouvait rien deviner de si grandiose, après des kilomètres à couvert. Une étroite bande de terre surplombait la vallée. Tout s'y dévoilait.

Patrick m'a indiqué un fauteuil en osier, « Assieds-toi là et ne dis rien. »

Le regard ne pouvait tout embrasser d'un seul tenant, tant il y avait à voir. À main droite, une série de collines aménagées en terrasses, on avait dû y cultiver de la vigne il y a longtemps, un de ces vins lourds et râpeux. Au creux de la vallée, un village ramassé autour de son clocher. Au loin, les falaises des Grands Causses tombaient à pic en fermant le décor.

Patrick a rempli les deux verres d'eau de source, dans laquelle macérait une branche de menthe. Elle était fraîche, avec un goût de métal qui descendait dans la gorge. Il a fini par lâcher quelques mots. Un grand-oncle berger lui avait légué l'endroit. Retour au pays il y a trois ans. C'était le temps qu'il lui avait fallu pour réaménager la maison et bâtir l'atelier d'à côté. Il s'était formé à l'herboristerie dans les Cévennes, où il avait longtemps vécu. Il avait toujours eu la main pour les plantes, non? Et puis le RSA lui permettait de passer l'hiver.

J'ai dit Paris, mes filles, le plaisir d'y vivre, d'y avoir fait mon trou, comme un animal. « T'es pas devenue photographe? il m'a demandé. T'avais un œil, pourtant. C'est pour ça que t'étais montée à Paris, pour une école, non? » Sa voix avait une douceur inattendue, comme ce « ChéRie » griffonné sur l'enveloppe. J'ai bafouillé quelques phrases qui ne pouvaient pas le duper, je pratiquais toujours, mais en dilettante, j'y prenais mon plaisir, pourquoi en faire mon métier?

On s'était oubliés, longtemps, le temps avait coulé et puis il nous avait replacés au même endroit.

« Tu permets ? » il m'a demandé. Et il s'est déchaussé. Ses brodequins en toile étaient méchamment crottés, et je l'ai imaginé dans ses longues cueillettes, marchant des heures, se courbant, humant, maniant la faucille. Fleurs et feuilles et racines. Orties et camomille, thym, sauge, pissenlit. Pavot et chardon. Tilleul. Genêt. Moi, je me déplaçais maintenant à l'aveugle dans mon pays natal, ne sachant plus rien des pouvoirs du monde qui m'entourait.

Il a croisé ses deux pieds. Cette pose, celle du Christ sur la croix. J'avais été nourrie de cette imagerie chrétienne. Un homme aux pieds nus, ramenés l'un sur l'autre. Il manquait le clou et le sang. Mais l'exaltation du sacrifice, ce n'était pas notre religion, à Patrick et à moi, surtout pas à vingt ans. La peau blanche et fine, les ongles soigneusement coupés, et l'on devinait l'entremêlement fascinant des os et des muscles, des veines et des ligaments, cette anatomie extraordinairement complexe grâce à laquelle l'humanité s'était mise debout, il y a deux millions d'années.

Ses orteils se sont détendus, maintenant qu'ils étaient à l'air. Ils ont fait de petits mouvements circulaires, les deux pouces légèrement déformés sur l'extérieur. Ç'auraient pu être les pieds vigoureux d'un homme jeune. Ceux d'un marcheur dont le corps est l'outil de sa liberté. Je n'avais pas prêté attention à la beauté de ses pieds, à l'époque.

« Tu restes combien de temps ? » il a demandé.

J'ai levé le bocal de cèpes dans la lumière. L'huile brillait dans cette fin de jour, et l'on devinait quelques grosses lamelles de chapeaux au marron profond. Pas besoin d'ail ni de persil, ça tue le goût. Il suffisait de les faire revenir lentement dans la poêle.

Le bocal stérilisé résistait à l'ouverture, alors je suis partie à la recherche d'une pince pour tirer sur le joint de caoutchouc. J'étais en train de farfouiller dans le placard de l'entrée quand mon père a surgi, de ses petits pas glissants qu'il m'arrivait de ne pas entendre. « Mais qu'est-ce que tu cherches ? » il m'a demandé. J'ai fait monter le bocal à sa vue. « Ça fait longtemps, non ? Des cèpes conservés dans l'huile. À l'ancienne. »

Mon père a émis un grognement de satisfaction. Ça faisait longtemps, oui. Dans le temps il lâchait des billets de cent francs à des paysans du coin, chaque fin d'automne, pour une dizaine de bocaux. À chaque fois qu'il revenait de chez eux, il ne pouvait s'empêcher de décrire leur masure, une vraie celle-là, il y avait de la colère dans sa voix, et je ne savais pas si c'était contre ces gens-là, l'acceptation de leur sort, ou contre la millénaire misère paysanne. Autour de la ferme traînaient toujours des saloperies, vieux outils, planches et métaux, déchets et plastiques. Une Aronde à la carrosserie trouée par la rouille, aux vitres brisées, était le terrain de jeu des gosses, à côté du tas de fumier qui marquait la frontière entre l'habitat des hommes et celui des vaches. Mon père poussait la porte en retenant sa respiration, alors la pénombre l'assaillait, et, de suite, ce fumet qui suintait des murs, la mémoire olfactive des générations passées là, humains et bêtes qui s'étaient amalgamés pour devenir plus qu'une odeur, une consistance.

Enfant, mon père avait dormi l'hiver 1939 sur le sable, couvert de poux et de gale, dans un camp d'accueil pour réfugiés espagnols, sur la plage de

Saint-Cyprien. Durant la Seconde Guerre mondiale, à douze ans, il était devenu l'esclave de paysans contre une soupe midi et soir. Pourtant, chaque passage dans cette ferme lui retournait l'estomac. La femme lui tendait la main, obèse dans son tablier à fleurs, les cheveux gris depuis toujours. Il laissait tomber les billets sur la table et emportait vite son cageot de champignons.

«Heureusement qu'ils les stérilisent», concluait-il à chaque fois, comme pour nous rassurer. Mais leurs cèpes, finement coupés, déployaient leurs arômes une fois dans l'assiette. Fermes sous les dents, parfaitement salés et poivrés sur la langue. Les sous-bois revivaient dans notre assiette. On les aurait mangés les yeux fermés.

J'ai filtré l'huile et versé les lamelles dans la poêle. Mon père se tenait derrière moi, les bras dans le dos, à sa façon. «Qui t'a donné ça?» il a demandé. J'ai hésité. Prononcer le nom de Patrick pouvait gâcher le plaisir du repas. Mais j'ai répondu, provocatrice, «C'est Patrick, Patrick Massix.» Il a réagi aussi sec, «Il est pas mort, ce drogué?» Je me suis retournée vivement. Chaque été je passais la moitié de mes vacances avec lui, depuis cinq jours je déprimais au lac, à tourner en rond. Tu m'emmerdes, oh que tu m'emmerdes, j'ai eu envie de lui crier, Vas-y, appelle ton fils chéri qui ne s'occupe pas de toi, qui te rends la maison invivable, qui ne m'a pas rappelée de la journée. Mais j'ai pris le ton de l'ironie, « Eh ben, au moins tu perds pas la mémoire ! » « Qu'est-ce qu'il fout ici ? Tu l'as vu ? » Tout d'un coup, c'était comme si l'électricité était revenue dans ses veines, et dans les miennes aussi. « Tu vas quand même pas surveiller mes fréquentations à mon âge ! » Il a répondu de son grognement d'ours, puis il a glissé vers le séjour.

La vieille table de ferme qu'on recouvrait d'une toile cirée avait disparu. Depuis samedi, on prenait nos repas sur une table ronde en verre, aux pieds de métal, élégante et déplacée dans la maison du lac. En cherchant à s'asseoir, mon père s'est pris les pieds dedans. « *Puta de femna* », il a marmonné. L'injure que les vieillards d'ici laissent encore monter aux lèvres pour se plaindre de ces êtres-là, les femmes. Les ennuis venaient toujours des femmes. *Puta de femna* que cette Myriam, « Tout ça, c'est de sa faute », rabâchait mon père depuis qu'on était au lac. Maintenant que Miguel était propriétaire de la maison du lac, sa femme y faisait la loi. Oui, c'étaient les femmes qui étaient toujours coupables.

Les deux assiettes de cèpes, pleines à ras bord, étaient odorantes et chaudes, et en plusieurs allers-retours entre la cuisine et le séjour, j'ai rapporté une miche de pain, un pérail du Larzac, de grosses pêches mûres ainsi qu'une bouteille de saint-chinian, un rouge du Languedoc assez rustique pour résister aux champignons. J'avais fait les courses, après ma visite chez Patrick, soudain le besoin de bien me nourrir. Et sur la table de verre, dans ces assiettes octogonales elles aussi en verre, comme si Myriam et Miguel croyaient en la limpidité de leur âme, tous ces mets se sont révélés dans leur simplicité. « Bon appétit, papa. » « Bon appétit, ma fille. »

Myriam, ma chère et petite-bourgeoise belle-sœur. Sa silhouette longiligne et apprêtée était entrée dans la famille un quart de siècle plus tôt, et on ne s'y était pas habitués. Miguel avait débarqué avec elle un été à la maison du lac, ils s'étaient rencontrés dans la salle des profs du collège où il venait d'être muté. Très propre sur elle, maquillage, vêtements, conversations, trop propre pour lui, on pensait. Mes parents avaient espéré que l'affaire ne serait pas gagnée. Mais voilà, leur couple avait tenu et le mien s'était effondré.

Jamais Miguel et sa femme ne me posaient de questions, ni sur mes filles ni sur mon boulot. Jamais ils ne venaient à Paris, et moi, j'avais dû leur rendre visite deux ou trois fois, quand les filles étaient gamines, quand on jouait encore à la concorde familiale.

Son accent des montagnes d'Ariège, Myriam l'avait vite gommé, même pour vivre à Lézignan-Corbières. Peut-être le retrouverait-elle maintenant que Miguel était candidat aux élections régionales, sur la liste du Parti de gauche. Était-elle assez candide pour lâcher aux collègues, en talons plats et écharpe de soie, « Mon mari est un proche de Jean-Luc Mélenchon ? »

Le vin a coulé dans les veines de mon père, l'a réchauffé et excité. Un verre, puis deux, vite, de plus en plus vite. Au troisième, le prénom de Rosie a réapparu. Ses cannes avaient été oubliées ainsi que ses quatre-vingt-dix ans passés. Rosie réapparaissait dans une robe blanche, à un bal du 14 Juillet, le tissu volait en corolle, découvrant ses cuisses. La réapparition du désir, un désir brut, remontant intact de ces années-là, et ce désir jamais assouvi avait conservé sa vigueur originelle, celle d'un type de vingt ans dévorant des yeux une femme inaccessible.

Une robe blanche une nuit d'été.

Un couple de femmes dansant.

Le souvenir irradiait, il diffusait sa chaleur depuis les tréfonds de sa mémoire et mon père retournait puiser à la source. Moi aussi je la voyais maintenant valser avec une copine, Rosie. Le blanc de la robe, lumineux, repoussait le cercle des danseurs dans l'ombre. Les ampoules accrochées en guirlande aux branches des tilleuls clignotaient, bleu, rouge, éclaboussaient les danseurs de leurs couleurs républicaines. Bleu, rouge. Le duo de seins et de fesses virevoltant sur lui-même, ignorant des regards et des pantalons tendus à l'entrejambe.

J'ai eu honte soudain. De mon père, de sa pulsion toujours vivace, alors qu'il ne devait plus pouvoir bander, non ? Ça m'a fait drôle d'associer ces deux mots, « bander » et « père ». J'ai eu honte de moi, aussi.

Je me suis levée de table et, dans la cuisine, j'ai descendu un verre d'eau. Mon père n'avait plus de barrières ni d'interdits. La sénilité, peut-être. Ou bien, rester vivant jusqu'au dernier jour. Ce n'était pas donné à tous. Est-ce que je résisterais comme lui ? De retour dans le séjour, j'ai tendu la main vers la bouteille de vin, il avait assez bu maintenant. Mais lui : « Tu m'en sers un petit dernier ? »

J'ai obéi.

Mon père s'est vite assoupi sous le poids de l'alcool, sitôt sorti de table. On est restés un moment sur la terrasse, assis l'un à côté de l'autre. L'eau clapotait contre le mur de soutènement. À part quelques couinements de mulots, on se serait crus seuls sur Terre, perdus dans la galaxie infinie. Demain, on serait vendredi, bientôt une semaine qu'on était là et, ce soir, je n'avais plus envie de partir. Pas tout de suite. « T'es trop dans les passions tristes, toi ! » me tançait gentiment Patrick. Si j'avais conservé une notion de philo, c'était bien cette distinction-là, passion triste contre passion joyeuse, que lui, en fou de Spinoza, appliquait partout. Ne se laisser infecter par rien ni personne. Être libre, sans haine ni violence ni tristesse. Et toujours agir. J'en étais loin, durant cette semaine au pays. Je pouvais me rattraper.

Longtemps j'ai suivi de l'œil la lune se déplaçant lentement d'est en ouest, sa longue traîne lumineuse en reflet sur le lac.

En repoussant les volets au matin, j'ai vu que le gris était tombé sur le lac. Le panorama s'était décomposé en un dégradé déprimant, même les genêts avaient perdu de leur éclat. Les nuages étaient lourds comme un ventre de vieille vache, et ici, quand ils crèvent, c'est une chape qui recouvre immédiatement le paysage. En milieu d'après-midi, on peut se croire en début de nuit.

Pourtant, sous le ciel menaçant, trois barques de pêcheurs étaient immobilisées à distance de la rive, l'image même du détachement et de l'attente.

C'était les vingt-six ans de ma fille aînée, aujourd'hui. Il était trop tôt pour l'appeler, je n'allais pas la réveiller pendant ses vacances, où donc était-elle en ce moment ? Mais me rappeler son existence, ainsi que celle de sa cadette, soudain m'a réjouie. Depuis mon arrivée au village, j'avais oublié que j'étais mère, tout avait été mis en sourdine, le travail, les amis, les plaisirs, sauf ma condition de fille. J'ai eu l'envie d'entendre leurs voix joyeuses, ça m'a envoyé un grand souffle d'oxygène dans les poumons, et j'ai décidé d'aller faire une balade avant la pluie, et pourquoi pas sous la pluie.

Je suis descendue à la salle de bains pour une toilette rapide. Elle était désormais rutilante, murs et sols carrelés en mosaïque bleue, double vasque blanche et baignoire démesurée en angle, mais lorsque je l'ai enjambée, j'ai pesté. J'aurais pu m'en réjouir, mais non. J'ai fait couler l'eau si fort qu'elle a rejailli sur le sol, éclaboussant le carrelage. Pourquoi cette sensation désagréable de me doucher sous le regard de Myriam ? Elle s'était tant de fois plainte de ne pas pouvoir prendre de bain au lac, on entendait son dégoût pour le vieux bac de douche et son tissu en plastique, les taches noires de moisi remontant du sol et s'épanouissant sur les murs en fleurs sauvages.

J'ai préparé le petit déjeuner de mon père, café et tranches de pain beurrées, et alors que j'avais fini le mien, projetant déjà de longer la rive du lac jusqu'au croisement du Charouzech, il m'a demandé de l'emmener faire un tour au village, voir si on y croiserait des têtes connues. J'ai eu envie de lui répondre méchamment, « Ils sont tous morts, tes copains d'enfance, papa. » Depuis le début de l'année, trois d'entre eux avaient été enterrés. David. Pierre. Jacques. Est-ce qu'il se souvenait de notre visite à Marcel, l'été dernier ? On l'avait trouvé dans son jardin, sur une chaise roulante. Mon père lui avait crié dans l'oreille, « Bonjour, Marcel, c'est Évariste, comment tu vas ? » Marcel n'avait même pas répondu par un grognement. Sa femme était sortie de la maison, suivie par un vieux chien aboyant, mon père l'avait prise dans ses bras et collés l'un contre l'autre ils avaient pleuré.

« On ira au village tout à l'heure, papa, mais là, je vais aller marcher un peu », j'ai prononcé près de son oreille. « Qu'est-ce que tu t'emmerdes à marcher ? » il a rouspété. « Je te promets, on y va plus tard, je reviens vers 11 heures. » Et j'ai disparu par la terrasse.

Les orties avaient poussé en bordure de l'escalier qui donne sur la plage, je les ai piétinées jusqu'à ce qu'elles se couchent, ça m'a calmée.

Halte aux passions tristes.

Six jours que j'étais ici et je n'étais même pas descendue sur la langue de terre caillouteuse en bas de la maison, notre plage privée, comme on se vantait. Une famille s'y était déjà installée, en dépit du petit vent qui s'était levé. Trois femmes plutôt jeunes et un type qui pouvait être leur père, ainsi qu'une ribambelle de gamins, sûrement qu'ils étaient en vacances au camping d'à côté. J'ai pris par la gauche, en surplomb du rivage se tenait une rangée de caravanes décaties posées sur des briques, avec vue imprenable sur le lac. Depuis des dizaines d'années elles n'avaient pas bougé, sans doute qu'il faudrait un jour les découper au chalumeau pour les évacuer. La plupart avaient délimité leur emplacement avec des barrières basses et des plantations fleuries. Il y avait des barbecues, des salons de jardin. Des fils tendus entre deux caravanes, où séchaient maillots et serviettes. *Home, sweet home*. « La propriété, c'est le vol », je me suis rappelée, et cette fois ça m'a fait marrer.

Après le camping, les villas étaient de plus en plus imposantes au fur et à mesure que je m'enfonçais dans le bras de lac. Côté route, elles étaient protégées des regards par de hauts murs mais depuis la rive elles se découvraient dans leur intimité, pelouse rase, salons de jardin impeccables sur des terre-pleins carrelés. Plusieurs chiens se sont excités à l'odeur de mon passage. Sur la colline des Faux, les pales des éoliennes brassaient le vent sans faiblir, les champs de blé moissonnés avaient perdu leur éclat. Les premières gouttes sont tombées. J'étais sur le point de faire demi-tour quand mon portable a sonné. Patrick, peut-être. Mais non. Un numéro inconnu. « Êtes-vous bien Madame Palacio ? »

J'ai coupé sans vergogne au travers d'un jardin et, une fois sur la route, je l'ai remontée au petit trot, nourrie par l'adrénaline de l'angoisse. Au dernier virage, épuisée, j'ai réussi cependant à accélérer.

Mon père était assis à l'arrière du camion des pompiers, un médecin à ses côtés en train de l'examiner. J'ai hurlé, il me fallait hurler. « Papaaaa ! » La Mercedes était penchée dans le fossé comme un jouet qu'on aurait lancé trop fort, deux roues enfoncées dans la terre, deux autres en l'air. C'était une scène ridicule et effrayante.

Un gendarme m'a attrapée par le bras. La pluie commençait à tomber dru, la scène était floutée par les gouttes sur mes lunettes, les clignotants rouges de la camionnette, l'asphalte noir, le flot de voitures arrêtées, phares allumés, leurs passagers sortis pour le spectacle en dépit du sale temps. Mon père a levé son regard vers moi, en vieil ours venant de perdre son dernier combat. « Rassurez-vous, il n'a rien de grave, juste quelques commotions », m'a dit le gendarme. Puis il a relâché mon bras et j'ai couru vers mon père à perdre haleine.

« Ça devait finir comme ça, non ? » J'ai cru entendre Aurélie lâcher un soupir amusé dans le portable. « Bon, je passe te chercher à midi. Calme-toi. Il est indestructible, ton père. »

Je suis montée dans la chambre me changer. J'étais trempée et raide comme un bout de bois. Les hormones de la peur cognaient encore dans mes veines, électrifiant tout mon corps, jambes et tête et cœur et poumons. Je me suis glissée sous la couverture pour me réchauffer.

Le vent tapait aux vitres et secouait les branches des sapins. Une mélopée lancinante, souffle et claquements. Le lac était troué par la pluie et la rive d'en face plongée dans la brume.

Il fallait que je joigne Miguel, j'espérais qu'il n'était pas déjà parti en Espagne. Lui dire que papa avait eu un accident, mais que ce n'était pas grave, qu'il ne s'inquiète pas. Les pompiers l'avaient emmené à l'hôpital de Rodez pour des examens, sûrement qu'il serait de retour en fin de journée. J'étais prête à parier que mon frère me répondrait, « Putain, depuis le temps que je vous dis de la mettre à la casse, la Mercedes, vous êtes vraiment aussi dingues l'un que l'autre. » Je ne lui apprendrais pas tout de suite que papa avait sorti la Merco tout seul. Qu'il était monté dedans, avait passé la première, et n'avait même pas négocié le premier virage.

Pour ça, on avait le temps.

Jacquie est sortie dans la cour sitôt qu'elle a entendu Aurélie se garer. Elle est venue vers moi dans un sourire, « Ma pauvre Nanette, alors, comment il va ton père ? »

Elle était la dernière avec mon père à m'appeler Nanette, maintenant que ma mère n'était plus. Mais son sourire était inquiet, je l'ai compris quand je me suis approchée d'elle. Il avait fallu cet accident pour que je vienne la voir. J'ai entendu une pincée de reproche dans sa voix. D'ordinaire, son regard, ses gestes, ses mots transpiraient la gentillesse et la générosité. Ces deux mots que je n'utilise qu'au pays.

« Allez, entrez, les filles, j'ai préparé une bonne salade », elle nous a dit, alors on l'a suivie.

J'avais toujours connu la ferme, d'y avoir si souvent accompagné ma mère. Son amitié avec Jacquie m'était mystérieuse. Elles nous envoyaient courir les chemins, Aurélie et moi, pendant qu'elles entretenaient leur échange souterrain de petits rires et de longues conversations, que ma mère n'avait, je crois, jamais menées avec personne, ni avec ses sœurs, ni avec mon père.

Désormais, Jacquie habitait seule au Frayssinet. Elle y était arrivée près de cinquante ans auparavant comme pièce rapportée, épouse rejoignant la lignée de son mari, s'installant avec lui dans la chambre contiguë à celle de ses beaux-parents. Depuis une dizaine d'années, ses fils avaient repris l'exploitation. L'un s'était construit une maison de plain-pied, plus bas dans un champ, tandis que l'autre avait rénové une vieille baraque du village, et se faisait un complément de salaire comme taxi sanitaire. Seule Aurélie vivait encore à proximité de sa mère, à l'arrière, dans l'ancienne grange.

À partir de la quarantaine, Roland, le mari de Jacquie, s'était échappé de la ferme pour des séjours en HP, des maladies du corps et de l'âme s'étaient saisies de lui, déformant ses doigts devenus bois secs, atrophiant ses muscles, lui engloutissant la parole. Ses dernières années, il les avait vécues cadavre vivant sur un lit médicalisé. On poussait la porte du salon et on le trouvait dans la pénombre, rideaux tirés. Il fallait s'approcher et dire bonjour, prendre une main, lui rendre sa dignité d'être humain. Mais c'était plutôt devant la dignité de Jacquie que moi, je m'inclinais. La maison s'était resserrée autour de cette pièce confinée, les fluides vitaux entraient et sortaient par des tuyaux, et entraient et sortaient aussi l'infirmière, la kiné, l'aide-ménagère. Jacquie passait des heures assise au chevet de Roland, tenant sa main, lui faisait la conversation, espérant une réponse qui ne venait pas. Parfois elle croyait au miracle, il aurait répondu par un serrage des doigts, un frémissement des paupières. Et quand il m'arrivait de penser à elle depuis mon Paris lointain, je lui glissais dans une enveloppe deux ou trois romans, en espérant qu'ils lui plaisent, des pages de fraternité humaine, et ne pensez pas qu'il s'agissait de livres mineurs.

Je me souviens de Roland, avant sa chute, une belle tête d'homme aux grandes arêtes vives, nez fort, mâchoires marquées, front dégagé. Ce fut une chute, oui, car il tomba, Roland. Il tomba de la vie à la quarantaine.

Jacquie a poussé devant nous la porte du salon et j'ai eu un sursaut. Me revenaient l'odeur pénétrante du corps figé, l'attirail médical, les empilements de boîtes de médicaments sur le buffet. Et cette pénombre éternelle, comme si les éclats du soleil risquaient d'accélérer la lente agonie.

Mais le salon avait retrouvé sa lumière et sa fonction. Sur la table, trois belles assiettes colorées et une salade de riz comme je les aimais, simple, nourrissante, le riz bien blanc et détaché, coloré des tomates, oignons et olives noires, le tout noyé dans une vinaigrette épaisse à la moutarde. Des photos des petits-enfants couvraient le buffet, et pendant que j'auscultais la pièce, le nouveau canapé, les murs blanchis, Jacquie est revenue de la cuisine avec deux assiettes à la main, jambon cru et pâté de canard dans l'une, roquefort et salers dans l'autre. « On va pas mourir de faim », j'ai dit en rigolant.

Le temps d'avant m'est remonté, quand on était pareilles. C'est le mot qui est venu, « pareilles », et ça m'a énervée de penser ça. En quoi serais-je devenue autre, ou pire, meilleure ? Je ne disais rien de ce que je faisais là-haut, à Paris, qu'est-ce qu'ils auraient pensé de ces journées passées devant l'ordinateur, est-ce que ça méritait un tel salaire ? Jacquie était assise en bout de table, Aurélie et moi face à face, formant un triangle réconfortant de femmes. J'ai raconté comment mon père s'était mis dans le fossé, comment les pompiers avaient été vite là, comment j'avais remonté la route à perdre haleine pour le découvrir la tête tourneboulée, mais sans blessure aucune. Il devait rouler à vingt à l'heure, les pompiers m'avaient dit.

« Ton père alors, il changera pas », a commenté Jacquie. Elle me dévisageait maintenant, qu'est-ce qu'elle voyait ? Je ressemble de plus en plus à ma mère, depuis que je me coupe les cheveux courts. Et puis mon corps se densifie, des hanches, du dos. Lorsque je rejoins chaque matin mon bureau près de Saint-Augustin, et que je capte par inadvertance mon reflet dans une vitrine boulevard Haussmann, je maudis ma silhouette de paysanne, si incongrue parmi mes collègues de la bourgeoisie parisienne, à l'architecture osseuse. Je les reconnais à leurs mains, doigts fins chargés de bagues de famille et de lourdes fantaisies. Les bijoux fantaisie sont un second degré, chez elles. Plus jeune, il suffisait d'un regard hautain posé sur moi pour que je rougisse, et je n'arrivais pas à prendre la parole devant une assistance. Le temps a passé, je me suis blindée, je ne me sens plus d'une race inférieure. Eux non plus ne me trompent pas sur leur classe, même lorsqu'ils affichent un débraillé étudié, des problèmes de fric, un semblant de vie moyenne.

Après le fromage, Aurélie a sorti une cigarette et sa mère s'est fâchée. « Va fumer dehors ! » Elles s'étaient toujours chamaillées. Elles vivaient désormais à cinquante mètres l'une de l'autre et sans doute qu'elles ne se quitteraient plus. Aurélie a pris la porte, on l'a vue par la fenêtre du salon passer un coup de fil, le téléphone dans une main, la cigarette de l'autre. Je n'avais même pas pensé à lui demander si elle était retournée se baigner aux Vernhes, hier, avec la bande à Brigitte. Et moi je ne lui avais pas raconté ma visite chez Patrick. On était prolixes au téléphone quand sept cents kilomètres nous séparaient mais en face à face, ça coinçait, on dirait. Elle nous tournait le dos, et malgré le sale temps pluvieux elle portait une robe blanche au tissu fin sur laquelle elle avait passé un pull. Ses jambes étaient bronzées. Où donc avait-elle autant pris le soleil ? Depuis quelques mois, en fait, elle ne me racontait plus grand-chose. C'est toujours suspect quand quelqu'un se tait. Dans mon cas, en tout cas, il faut se méfier.

Puis elle a tourné à l'angle de la maison et disparu.

Jacquie s'est levée pour débarrasser. Elle était devenue un tout petit bout de femme mais son visage était encore lisse, sans aucune ride. « Il changera pas, ton père », avait-elle dit. Tout d'un coup, je me suis demandé ce qu'elle pensait de lui, au fond. Jamais je ne les avais vus trop se fréquenter.

Qu'est-ce que ma mère avait bien pu lui raconter, pendant toutes ces années, de sa vie conjugale ? Jacquie savait forcément des choses sur lui.

« Tu crois que je dois l'engueuler, pour l'accident ? » je lui ai soudain lancé. Et Jacquie, ironique, de répondre, « Engueuler ton père ? Si tu crois qu'il va t'écouter. Il a jamais écouté personne… »

Elle a laissé s'installer le silence alors je me suis faufilée dans l'interstice. Ma mère avait été sa meilleure amie, sa presque sœur, et elle était disparue depuis si longtemps que Jacquie n'était plus tenue à l'obligation du secret, et moi, je n'étais plus une enfant. J'ai forcé la porte, « Et ma mère, alors ? Elle avait son caractère, aussi. »

« Ta mère, si tu savais… » C'est à ce moment que mon portable nous a interrompues. Mon frère, enfin ? Non, c'était Jérôme. Jérôme venant aux nouvelles pour son rapport. J'avais passé une soirée dessus, encore une heure ou deux de relecture et j'aurais bien gagné mon argent. Jacquie s'est inquiétée, « Tu réponds pas ? » « Non, Jacquie, rien d'important, c'est juste le boulot. » Et j'ai pris quelques secondes pour textoter, « Tu auras tout ce soir, no stress ! Bisous du Sud ! »

Au moment où je traversais le pont de la Cléta, un arc-en-ciel s'est courbé au-dessus du lac mais c'était noir, sous les nuages. Si je devais récupérer mon père ce soir, faire cinquante kilomètres jusqu'à l'hôpital de Rodez et retour, que ce ne soit pas sous la tempête.

Les quelques phrases lapidaires que Jacquie avait lâchées à la fin du repas se projetaient sur le pare-brise de sa Clio.

Ma mère enceinte de cinq mois lors de leur mariage.

On ne savait quasiment pas qu'elle et mon père se fréquentaient.

Lui arrivé en retard à la mairie.

Jacquie avait parlé à toute vitesse, ça avait jailli d'un seul jet, et je n'avais pas eu le temps de demander plus ou de commenter. Je savais presque tout, de toute façon. C'était ce « presque » qui m'affligeait. Le retard de mon père à son mariage.

C'était le mois de janvier, le pire de l'hiver, ciel plombé dès le milieu de l'après-midi. Peut-être neigeait-il. Ma mère, cambrée par son ventre déjà gros, était montée à pied depuis le bas du village, entourée des siens. Seule parmi les siens. Ils avaient attendu un quart d'heure dans la salle des mariages, une petite pièce en rez-de-chaussée de la mairie. Ma mère droite sur sa chaise, l'autre vide à ses côtés. Chuchotements et murmures gênés, début de colère de la mère de ma mère. Je suis alors un fœtus de cinq mois, cœur, vagin, ongles formés, et je donne déjà des coups de pied.

On ne saisit pas grand-chose de sa propre histoire familiale. Il faudrait s'en extraire, se placer en surplomb pour la décrypter avec lucidité. Il n'y avait rien de tragique, dans la mienne d'origine, seulement le mystère d'un homme arrivant en retard à son mariage.

Je n'avais vu aucune photo des noces de mes parents, et comme toute bizarrerie familiale, cette absence-là, je ne l'avais jamais questionnée. Maintenant, les quelques phrases de Jacquie agissaient comme un projecteur puissant, dévoilant soudain la réalité de ce mariage à la va-vite, sans cérémonial ni fiesta.

On en était là des confidences quand on avait entendu Aurélie partir. Elle avait klaxonné une fois, et un salut rapide de la main. Une visite d'urgence, sûrement. Jacquie était habituée à ses départs soudains. Ils en seraient où, mes rapports avec ma mère, si elle était encore là ?

Avant de quitter Jacquie, j'avais appelé l'hôpital. Les scanners et les radios étaient faits, ils attendaient le passage du chef de service. Rien d'inquiétant, pas de fractures, mon père avait roulé sur le siège passager lors du choc puisqu'il n'était pas attaché. Qu'il le garde une nuit, j'ai espéré. Ça me ferait des vacances. À mon âge, j'en étais encore à ressasser des histoires recuites de papa-et-maman-s'étaient-ils-aimés ? Leur mariage en catimini, lui qui avait fait la gueule toute la journée des noces et elle enceinte de moi. Sur un fait, au moins, je n'avais jamais douté. J'appartenais à la grande cohorte des enfants non désirés. Longtemps mon fantasme a été d'avoir été conçue dans un champ, au grand air. Ma mère allongée sur une couverture, la robe relevée. Mon père, de dos, s'escrimant à son plaisir.

Le grand loto existentiel. Naître ou ne pas naître.

J'ai tapé d'une main sur le volant et j'ai poussé un long cri. C'était contre moi que je m'énervais. Il fallait que je m'extirpe du passé.

Je garais la Clio poussiéreuse de Jacquie derrière la maison quand mon portable a sonné. On se serait cru dans une série Netflix, tant de coups de fil.

Mon cher frère, enfin. Il ne manquait plus que lui au tableau. « Attends, je te rappelle dans trois minutes ! » La maison était vide sans mon père. Quelle journée. Je me suis laissée tomber sur le canapé en cuir, il s'est enfoncé sous mes fesses. Le gris du ciel et celui du lac s'étaient fondus en un seul aplat au travers de la baie vitrée. Comme d'habitude, Miguel ne m'a pas laissée finir mes phrases. « Non, je ne sais pas quand il va rentrer, l'hôpital doit me rappeler pour… » « Mais tu l'as pas accompagné ? T'es pas à l'hôpital avec lui ? » il m'a engueulée. Il n'avait qu'à s'y précipiter à l'hôpital, tiens, lui non plus n'avait pas bougé ses fesses depuis ce matin, ou plutôt depuis des mois. Alors j'ai balancé papa, qu'il avait sorti la voiture tout seul, sans ceinture de sécurité, et s'était pris le fossé deux cents mètres plus loin. Un soi-disant rayon de soleil qui l'avait aveuglé ! Il pleuvait à verse ce matin.

Miguel hurlait dans le téléphone, « Quoi, il conduit encore, mais il est dingue ! Dingue, tu entends ! Et toi, tu le laisses faire, bien sûr ! »

« Tu fais chier ! » j'ai crié, et puis j'ai coupé.

Ça faisait bien cinq ans que je mettais mon père en garde, « Arrête de conduire, papa ! » Dans mes cauchemars éveillés, il tuait un enfant. J'enrichissais le scénario de circonstances toujours plus monstrueuses, le pire étant celui d'un gamin pédalant tout joyeux sur son nouveau vélo, tandis que la Mercedes à la gueule de requin l'engloutissait tout entier, laissant juste sur le goudron quelques taches de sang. Mais le destin avait été clément. Sa Mercedes avait versé dans un fossé sans tuer personne, même pas lui.

L'hôpital a fini par rappeler vers 17 heures, il le gardait en observation pour la nuit, je pouvais passer le chercher le lendemain en fin de matinée. L'infirmière a eu l'expression facile, « C'est un chêne, votre père. » J'ai dîné d'un œuf au plat et d'une tomate devant le journal télévisé. L'orage traînait à éclater, au loin la foudre tournait d'une colline à l'autre, comme un grognement sourd de fauve cherchant sa proie. La pièce s'est refermée sur elle-même, sombre et presque froide, la température tombe si vite ici. À la télé, la voix commentait : « Ce 3 août, 1 530 demandes d'asile ont été déposées à l'entrée de l'espace Schengen, en majorité des Syriens et des Afghans… » Un camion militaire bringuebalait dans un immense terrain vague le long d'une clôture de fil de fer, le mur anti-migrants que la Hongrie venait de hérisser à la frontière avec la Serbie. Une semaine qu'on était là, et je n'avais rien suivi de l'actualité tant j'étais perdue dans mes petites histoires. Cette maison du lac, qui n'était plus une maison de famille maintenant qu'elle était revenue à mon frère, et qui se détachait de nous par couches, photos, livres, fleurs séchées, assiettes dépareillées, fauteuils en velours, rideaux en dentelle, toutes ces choses bancales qui font l'identité d'une maison et son imperfection, et qui avaient dû finir à la décharge, là-haut à l'orée du bois des Fagettes. « La maison se dissout de l'intérieur », la phrase me hantait, à nouveau. Depuis l'extérieur, on pouvait la croire intacte, mais l'esprit du lieu s'était évaporé. À partir de la quarantaine, mon père avait gagné pas mal d'argent en achetant des vignes dans l'arrière-pays montpelliérain, qu'il arrachait pour construire des villas dessus puis les revendre, mais celle-là, la maison du lac, l'*ostal*, il n'avait jamais été question de la vendre, on la croyait aussi indestructible que ce tombeau de granit où ma mère l'attendait au champ des pauvres, le surnom qu'il s'amusait à donner au cimetière.

Je n'étais pas retournée dans sa chambre depuis ce grand cri de bête blessée qu'il avait poussé en la découvrant samedi dernier. J'ai remonté le couloir, la porte était entrebâillée. J'ai deviné dans la pénombre la masse blanche des draps repoussée sur le côté, on était pareils tous les deux, à ne jamais faire son lit, comme des vagabonds. J'avais encore le cri de mon père à l'oreille ce samedi, « Hélène ! viens ! vite ! » Il se tenait sur le seuil, vieillard paumé avec sa petite valise à la main, comme s'il venait de découvrir son propre cadavre allongé sur le matelas nu.

Je me suis assise sur le lit. Ce lit qui recueillait son corps chaque nuit, ses odeurs et les images qu'il laissait monter en lui, dans son demi-sommeil. Ces courtes heures découpées au rythme de sa prostate défaillante. Il avait déjà cette petite valise écossaise, lorsqu'on était partis tous les trois en Espagne, avec Miguel. J'ai frissonné. Sa veste en laine traînait sur la chaise. Je l'ai passée, et croisé les deux pans sur mon torse. Quelques loupiotes fragiles perçaient la nuit depuis la rive d'en face. Le pays était retourné à son silence. Ce silence de la campagne auquel mes oreilles n'étaient plus habituées. J'avais perdu aussi les ciels étoilés, en vivant à Paris, et la fraîcheur de la terre au matin, qui exhale un parfum noisette d'humidité et d'herbe, les bois touffus grouillant de sève et de vie sauvage. Des éclairs ont jailli. Sans doute que les infirmières avaient donné quelque chose à mon père pour qu'il dorme. Je lui apporterais des vêtements propres, le lendemain. Je me suis demandé pourquoi tant de haine, entre mon frère et moi, pourquoi tant de colère à l'égard de notre père, ce père qui l'avait tant adulé, qui vantait ce fils devenu prof d'histoire, alors que moi, moi, on ne savait pas trop ce que je trafiquais à Paris. Longtemps, rien n'avait troublé la surface des rapports familiaux et soudain, tout s'était cristallisé autour de la succession que Miguel avait exigée, revendiquant pour lui la maison du lac, à moi revenant celle de Montpellier. « Il faut tout régler avant », assénait-il, et on entendait : « Tout avant ta mort, papa. » Cette maison du lac, l'*ostal* comme mon père l'appelait en bon immigré qui s'était emparé du patois local, concrétisait l'ancrage dans ces terres. Depuis notre arrivée, je tournais autour de mon père mais sans oser le questionner directement, C'est quoi qui s'est joué entre vous, papa, pour que Miguel mette la main comme ça sur la maison ? Jacquie m'avait lâché des choses, dans l'après-midi, sur le fils chéri. Elle appelait toujours mon frère par son vrai prénom, Michel. Quelle idée de l'avoir hispanisé à quarante ans passés, et pris la nationalité espagnole, comme la loi de « mémoire historique » le permettait depuis quelques années aux descendants de républicains exilés. Ça devait lui rajouter une couche de Rouge auprès de ses camarades. Pourtant, l'espagnol, il ne le parlait pas plus que moi.

Soudain l'électricité a flanché. Les peupliers secouaient leurs longs troncs et, sur le lac, l'eau semblait poussée par un courant venu des profondeurs. La tourbe noire des eaux familiales. Il fallait que l'orage claque, la journée avait été trop longue. Dans le silence, le vol affolé d'une grosse mouche m'est vite devenu insupportable. Alors je me suis réfugiée dans ma chambre. Jamais je n'avais dormi seule dans la maison du lac. La pluie tapait sur la mansarde, l'orage s'était libéré, enfin. C'était des coups sourds, lancinants, plus terrifiants que le silence. Un éclair est passé par les volets entrebâillés, une lumière vive, d'un quart de seconde, presque trop rapide pour qu'on y croie. J'ai éteint et laissé la peur monter.

J'ai cru entendre des bruits. Comme un claquement sec de porte, en bas. Ou bien l'écho du tonnerre sur le lac. La maison s'était dissoute dans le paysage, la nuit, l'orage. Mon lit était devenu une barque, j'y luttais contre les flots de l'angoisse, celle, profonde, qui ne s'arrime à rien. Il n'était même pas 22 heures et il semblait que jamais le jour ne reviendrait, tant l'obscurité engloutissait ce trou du cul du monde. J'avais d'emblée aimé la ville pour sa cacophonie, les gens dehors même la nuit, l'illusion de n'être jamais seule. De m'évader en pensée à Paris, j'ai repris pied. Ma vraie vie était ailleurs, une fois que mon père se serait remis de ses émotions on partirait d'ici, bientôt je tirerais les lourds volets en bois, couperais l'électricité, et on lui dirait *adios*, à la baraque, en tout cas, moi, je n'y remettrais plus les pieds.

Dans ma valise j'avais déjà entassé les dernières choses à sauver. En plus des trois bouquins, une vieille assiette à fleurs que j'avais toujours connue, retrouvée par terre dans le cellier, avec des restes moisis de bouffe pour chien. Ainsi qu'un plateau de jeux, mes filles seraient contentes. Quelle voleuse je faisais.

L'écran du portable s'est allumé. Un texto de Patrick. « Ça claque pas trop l'orage sur le lac ? »

Ça tapait, aussi, dans sa bergerie. On a parlé un moment, j'ai raconté l'accident de mon père, les roues de la Mercedes dans le fossé, l'air contrit du vieil ours pris sur le fait, et Patrick a ri, cette fois-ci c'était mon père qui avait déconné au volant, il avait pourtant rien fumé, lui ? Tout devenait soudain plus anodin, la vie légère, on aimerait la vivre toujours, il n'y avait plus de vieilles histoires à ressasser, il n'y avait rien d'autre que sa voix, sa voix d'homme dans mon oreille, et ma peur s'est évanouie. « Tu viens ? je lui ai dit à un moment. Je suis seule. » Il a poussé un rugissement, « Je suis invité au lac ! Et j'entre par où cette fois-ci ? » Son enthousiasme saturait le téléphone, je l'ai écarté de mon oreille mais je l'entendais hurler, « Je suis invité au lac ! » Et c'était le temps de nos vingt ans qui remontaient, l'unique fois qu'il était entré dans la maison du lac c'était en cambrioleur, escaladant de nuit la fenêtre de la salle de bains que j'avais laissée ouverte, on s'était obligés à retenir nos bruits dans l'amour, mais nos rires s'échappaient de nos bouches et de nos peaux dénudées. On s'amusait beaucoup en baisant, et ce n'était pas uniquement sous l'effet du shit. Et ma mère au matin, avec un sourire finaud m'avait demandé, « La nuit a été bonne, ma fille ? »

Une demi-heure plus tard, les phares de sa camionnette ont troué la tempête et d'un coup de klaxon se sont annoncés. On a fouillé les placards et déniché un whisky japonais, quel connaisseur ce salaud de Miguel, on s'est installés dans le salon, volets ouverts sur la pluie qui tombait drue maintenant à noyer le lac, on a parlé, bu, croqué du saucisson et puis vers 3 ou 4 heures on est montés dans ma chambre et on s'est endormis aussi sec.

Au réveil, son menton mouillé de bave était collé à une de mes épaules. Je me suis extraite du lit lentement, sans le réveiller. Patrick dormant dans la maison du lac. C'était une belle fin pour ce dernier été.

Dans le jardin, le rosier s'était pris la tempête, des pétales rouges parsemaient la terrasse de leur velouté. Je suis restée un moment devant le spectacle, thé en main. «*Entre lo jorn e la nuèit, i a pas de paret*», c'était un dicton occitan que mon père aimait asséner. Je l'ai prononcé à voix haute, et Patrick soudain arrivé dans mon dos l'a répété, avec le bon accent, lui. «Entre le jour et la nuit, il n'y a pas de mur.» On en tirait la leçon qu'on voulait, optimiste ou pas. Tout renaît chaque matin, même de la nuit la plus sombre.

Patrick est descendu dans le jardin et a grimpé sur le mur de soutènement, au-dessus de l'eau. De loin, je le reconnaissais, à cette façon d'être toujours bien planté sur ses jambes immenses, et à les tenir légèrement écartées. On reconnaît des décennies plus tard une posture, même quand on l'a oubliée.

On ne s'était pas touchés cette nuit, on s'était parlé.

Il s'est retourné et soudain, « Tu veux que je t'accompagne à Rodez chercher ton père ? »

Aller chercher mon père avec Patrick ? L'idée était désopilante. Aussi désopilante que nos amours clandestines dans le temps.

Mon père se tenait immobile dans le fauteuil d'hôpital. On lui avait passé un collier cervical qui le faisait encore plus vieux ours, la tête engoncée dans la poitrine. Il a levé une main pour saluer, et puis au bout de quelques secondes, me reconnaissant, « Ah c'est toi, Nanette ! Oh là là, j'ai cru que c'était ta mère », il a soufflé.

J'ai récupéré les radios dans le bureau de l'infirmière en chef et quelques recommandations, bien sûr que j'allais le montrer à son généraliste sitôt de retour à Montpellier, puis on a remonté lentement les couloirs de l'hôpital, lui agrippé à moi.

Quand on a passé les portes coulissantes de l'hôpital, le ciel était éclatant, bleu pétard au-dessus du parking, il s'était lavé avec l'orage. Patrick était adossé à sa camionnette, il prenait le soleil de face, yeux fermés. Mon père trottinait maintenant à mes côtés comme si, sorti de l'enclave médicale, il retrouvait son tonus.

« Papa, c'est Patrick qui m'a accompagnée », je l'ai averti. Il a poursuivi sa marche à petits pas saccadés, alors j'ai répété plus fort, « Tu as entendu, papa ? Je suis venue avec Patrick Massix. »

J'ai senti le bras de mon père se crisper sous le mien, et son pas marquer un temps d'arrêt. Je l'ai tiré en avant, il n'allait pas jouer à l'enfant récalcitrant quand même, et ils se sont retrouvés face à face, le vieil homme tassé, malvoyant et aux trois quarts sourd, mais toujours bourré d'orgueil, et ce vieil amant de Patrick revenu au pays après des aventures extraordinaires, certaines belles. Et la haine qu'ils avaient en commun l'un pour l'autre depuis bientôt trente ans, la haine dont j'étais le pivot, a été soudain comme un pic planté dans le goudron du parking.

« Elle est où, ma Mercedes ? il m'a demandé, d'un ton sourd. T'es pas venue en Mercedes ? » Un instant j'ai craint qu'il ne se souvienne plus qu'il l'avait envoyée dans le fossé. Mais non, il faisait sa tête dure, sa tête de macho insupportable, en découvrant la camionnette cabossée dans laquelle il allait bien falloir qu'il entre. Patrick a tenté de lui attraper le bras mais il s'est braqué, « Toi, me touche pas. » J'ai ouvert la portière passager et je ne lui ai pas laissé le choix, « Tu veux être au milieu ou au bord ? » Son regard est passé de Patrick à moi, un regard en dessous, un peu méchant, lui qui ne l'avait jamais été de sa vie, en vérité, et il a lâché : « *Macarel*, je vais pas m'asseoir à côté de ce clochard. »

La route a été silencieuse et lourde.

Quiconque nous aurait croisés, tous trois serrés derrière le pare-brise d'un utilitaire d'artisan fauché, aurait pu croire à une promenade familiale. Dans la côte de Pont-de-Salars, mon père a agité sa main droite pour nous signaler l'embranchement vers le lac. Depuis les travaux d'élargissement de la nationale, on le devinait au dernier moment, mais il n'avait rien oublié, et sur la route ses yeux retrouvaient étonnamment leur acuité. Je sentais l'odeur sèche de tabac sur le t-shirt de Patrick, sa sueur d'homme qui ne s'était pas lavé, et sans doute que nos deux haleines puaient encore le whisky de la veille.

À notre arrivée au lac, une grosse bagnole noire était garée derrière la maison, alors Patrick s'est arrêté dans l'allée. «Y a Miguel, papa», j'ai dit, et c'était comme si mon père sortait soudain de son coma, tentant de tirer sur son cou pour mieux voir, en dépit du collier cervical. J'étais en train de l'aider à s'extirper de la camionnette quand Myriam a surgi de la cuisine et s'est précipitée, «Oh papi, comme vous nous avez fait peur.» Et elle l'a attrapé par le bras pour l'aider à grimper les trois marches.

Je n'avais jamais supporté qu'elle l'appelle «papi».

«Bon, je vous laisse en famille», m'a lancé Patrick, d'un clin d'œil ironique. Il s'est remis au volant, marche arrière, en une minute il avait disparu.

Sur la terrasse, Myriam a installé une chaise de jardin et a aidé mon père à s'asseoir. Il y avait de la douceur dans ses gestes, une attention à son égard qui ne semblait pas artificielle. Soudain la voix de mon frère a résonné, descendant de l'étage, «Alors, comment il va, le pater?» Il l'avait toujours eue bizarrement aiguë. J'avais trois ans quand il était né et je l'observais gigoter impuissant et fermer ses poings lorsqu'il pleurait de faim ou de sommeil. Il s'est planté devant notre père et notre père a levé ses yeux mouillés vers lui, «Ah, Miguel, tu viens passer quelques jours de vacances avec nous?» Son visage était livide, et il y avait quelque chose de tout mou en lui, de plus en plus son architecture osseuse le lâchait. J'ai eu envie de crier, Tu vois ce qu'il est devenu papa? C'est un vieux bonhomme maintenant.

«Alors, qu'est-ce que tu nous as fait?» Miguel lui a demandé. Et, se tournant vers moi, «Tu pouvais quand même m'appeler pour me dire quand il sortait.»

Ils avaient fait des courses au village avant de descendre au lac. Puis Myriam a pris possession de la cuisine, sa cuisine j'aurais dû dire, depuis qu'ils l'avaient remise à neuf, les portes laquées rouges des placards, le plan de travail en bois, tout l'attirail électroménager, plaques, four dans lequel un poulet rôti se réchauffait, lave-vaisselle. Myriam a essoré la salade dans un torchon propre puis préparé la vinaigrette en sortant d'un fond d'étagère de l'huile d'olive et du vinaigre italiens. Tu planques les bonnes choses, j'ai pensé, et puis j'ai laissé tomber. J'avais faim. Et on avait fait un sort à leur whisky japonais, cette nuit.

C'est un repas en famille, reste tranquille, ma petite voix n'arrêtait pas de me répéter. Il s'était moqué, Patrick, « Je vous laisse en famille », il avait dit en s'enfuyant. Qu'est-ce qu'on avait détesté ça. Familles, je vous hais. Patrick avait assumé toutes ses ruptures, lui, études, travail, famille. Il avait vite coupé avec la sienne et n'en avait construit aucune. Il n'avait même pas eu un enfant par hasard, un miracle, il m'avait raconté dans la nuit.

La bouteille de vin tournait, Miguel semblait rassuré que notre père n'ait rien, après tout. « Sa dernière connerie, répétait-il, heureusement qu'elle a été sans conséquences graves, vous vous rendez compte s'il avait accroché quelqu'un. Mais bon, il va falloir parler sérieusement, d'accord, Hélène ? » il a dit en se tournant vers moi.

J'avais craint et désiré que les retrouvailles soient orageuses. Mais non. Un typique repas de famille aux gigantesques non-dits. J'en avais ruminé des phrases, pourtant, ces derniers jours. « Qu'est-ce que vous avez fait de nos chambres, connards ! » « Vous savez que papa a pété les plombs quand il est entré dans la sienne ? » « Et ça fait combien de mois que vous êtes pas allés le voir ? »

Au bout d'un moment, j'ai pris conscience que seuls Miguel et Myriam menaient la conversation. Mon père dévorait lentement une cuisse de poulet, la rongeait jusqu'à l'os comme si c'était sa dernière, elle gouttait sur la nappe brodée et la tache s'agrandissait près de son assiette, est-ce que j'étais la seule à voir les dégâts ? Soudain j'ai senti que Miguel me fixait. « T'en penses quoi, alors ? » J'avais lâché le fil. « Alors, t'en penses quoi que je me présente aux régionales ? » il a répété. Il avait un sourire crispé. Il semblait toujours être à l'aise, mais à moi, il ne faisait pas illusion. Je l'avais plaint, à l'adolescence, d'être le fils de ce père-là. L'obligation virile, réussir, ne jamais faiblir. Son visage s'était durci, avec les années. Je l'ai imaginé sur une affiche électorale. Il avait épaissi lui aussi, c'est de famille. Son crâne était presque ras, sa barbe courte, il travaillait son côté latin. Au Parti de gauche, au moins, on n'obligeait pas à la cravate. « Ben, t'as des chances d'être élu ou pas ? » j'ai demandé, hypocrite. C'est Myriam qui a répondu. « Bien sûr qu'il va être élu, et même qu'il va prendre un mi-temps au lycée. » Et elle l'a embrassé sur la joue.

Après le repas, ils ont fait le tour des propriétaires et je les ai suivis. Myriam se posait en contrôleuse des travaux, troisième couche de peinture nécessaire dans le couloir, un dessus de WC à changer et, dans leur chambre, ils prévoyaient une tête de lit-bibliothèque en chêne, fabriquée par un artisan du coin. « Ça a dû vous coûter bonbon, tous ces travaux », j'ai enfin lâché, et c'était comme si, en laissant monter cette expression à la bouche, je redevenais enfant. Même quinquagénaires, nous étions encore des gamins mus par l'envie, la jalousie, la rivalité. Myriam, toute joyeuse, a répondu, « C'est moi qui ai payé ! » L'héritage d'un grand-oncle célibataire tombé à point. Maintenant que leurs fils étaient partis de la maison, ils seraient libres de venir plus souvent au lac, même le week-end, c'était pas si loin de Lézignan finalement. Enfin, si la politique lui en laissait le temps, « Tu n'imagines pas ce que c'est comme investissement, on ne s'appartient plus. » Elle parlait à la place de mon frère. Dans cet après-repas, il était devenu silencieux, peut-être le vin lourd des Corbières qu'il avait rapporté de chez eux. En fin de repas, on avait même eu droit à un discours sur la renaissance de la viticulture régionale, avec la tonitruance du futur élu qu'il deviendrait.

Je me suis sentie molle, soudain, et confiante, c'est vrai que la maison était tellement plus confortable et agréable avec leurs travaux, on s'était monté la tête, mon père et moi, à voir des drames partout, comment avait-on pu imaginer qu'ils allaient nous en chasser ? Cette mélancolie espagnole qui explose parfois en fureur, c'était aussi dans l'héritage. Mes filles ne m'appelaient-elles pas « *drama queen* » ?

L'an prochain à Torralba. Combien de fois mon père nous l'avait promis, à Michel et à moi, lorsque nous étions enfants, ce voyage merveilleux dans une contrée exotique, une fois que Franco serait mort, dans un attentat si possible. La famille avait fui l'Espagne à la fin de la guerre civile, marchant sous les bombes allemandes et la pluie glacée de l'hiver 1939 jusqu'à la frontière. Dans le camp de concentration de Saint-Cyprien où ils avaient été parqués, les réfugiés s'essuyaient le cul avec les billets de la République espagnole puisqu'ils ne serviraient plus à rien. Mon père ressassait toujours les mêmes histoires, dont sa terreur des tirailleurs sénégalais qui assuraient la surveillance du camp, lui qui n'avait jamais croisé d'homme à la peau noire. Dans son imaginaire enfantin, ils sortaient tout droit de l'Enfer.

C'est après la mort de ma mère que Michel relança l'idée d'un voyage à Torralba. Il n'avait rien imaginé de mieux comme dérivatif aux larmes que ce road-trip mémoriel. En bon macho, mon frère avait pris le volant et mon père s'était assis à côté de lui, en complices qu'ils étaient encore, et moi j'étais restée tout du long sur la banquette arrière. Leurs deux crânes se découpaient sur le pare-brise de la Mercedes pendant que les paysages défilaient. Mon père commençait à grisonner et mon frère portait toujours ses longs cheveux bouclés, ça finissait par être ringard dans cette fin du xxe siècle. Ma mère partie, ils se retrouvaient entre hommes, et si j'avais été conviée au voyage, c'était en passagère muette.

On n'avait pas plus tôt pris la route à l'aube que mon père avait ouvert les vannes des confidences, son enfance remontait en lui comme une source vive, au fil de l'horizon qui s'éclaircissait devant nous. Pendant longtemps, c'était de nuit que les souvenirs surgissaient, aux cris des cauchemars qui le réveillaient, ma mère nous racontait. On avait mis une grosse demi-journée pour rejoindre la frontière depuis Montpellier. Dans la montée des Pyrénées, Michel avait poussé le moteur de la

Mercedes, la première que mon père s'était achetée, et sitôt passé le col du Somport l'Espagne s'était offerte, éblouissante de lumière, une terre sauvage, aux torrents impétueux. Même Michel s'était tu, pour une fois. Et puis il s'était remis à dévorer les kilomètres avec rage, on revenait en Espagne dans une voiture allemande, ah ah ! quelle ironie de l'Histoire. Notre père ne savait de la guerre d'Espagne que ce qu'il en avait vécu, et ses souvenirs à hauteur d'enfant avaient imprégné son âme, l'avait rendue âpre et mélancolique. C'était sans doute pour cela que mon frère était devenu prof d'histoire et nous étouffait maintenant de son savoir encyclopédique. Alors qu'on approchait de Huesca, il ressassait son épisode favori, comment le POUM avait collectivisé les terres en Catalogne et en Aragon, démembrant les grandes propriétés au profit de ceux qui les travaillaient, avant d'être éliminé sur ordre de Staline durant le printemps 1937. Depuis un quart d'heure on roulait à ras de champ au travers de la sierra aragonaise quand une église avait surgi, défiant la plaine depuis son piton rocheux, d'architecture mudéjare, nous expliquerait plus tard Michel, oui, les Arabes étaient montés aussi haut. Mon père soudain s'était figé, doigt tendu, il lui aurait fait traverser le pare-brise s'il avait pu, « Là, c'est là », répétait-il, fébrile. Par quel miracle avait-il conservé une telle mémoire géographique ? Cependant, quand on arpenterait les ruelles à l'abandon de Torralba, mon père s'arrêterait devant chaque porte condamnée, était-ce celle-ci la maison natale, collée à la roche de l'église, avec son balcon en fer forgé ? Ou bien celle-là ?

Dans l'après-midi on était montés sur la Corona de la Reina, une colline à l'aridité lunaire. Les roues de la Mercedes envoyaient des nuages de poussière en agrippant le chemin de terre, on aurait pu y crever un pneu tant Michel avait le geste vif et la conduite dangereuse, la Mercedes est une voiture basse, c'est un de ses défauts. On se serait crus dans un western, le paysage désertique, la quête éperdue de la révolution et de la justice. C'est sur la Corona de la Reina que le frère aîné de mon père, Justo, était monté un jour de 1937 pour se battre, il venait d'avoir dix-huit ans. Dans son roman familial, mon père possédait quelques scènes mythiques. La ligne de front entre fascistes et républicains passait dans ce vallon de terres rocailleuses, et c'est là qu'il était mort, Justo, il n'avait même pas eu le temps de tirer un coup de feu, puisque du côté républicain, il n'y avait pas une arme pour chacun. Son corps avait pourri à l'air de la sierra, dans les vrombissements des Messerschmitt qui repartaient tranquilles une fois leurs bombes livrées.

Sur la Corona de la Reina, père et fils gardaient les yeux écarquillés, comme si le cadavre du héros familial pouvait resurgir, soixante-dix ans après, des tranchées de la guerre civile. Au moment où on atteignait le plateau, à défaut de cadavre héroïque, c'est du ciel qu'était venue la surprise. D'un coup, des lignées d'éoliennes à perte de vue, étincelantes de soleil, hypnotiques dans leur lent brassage. « Putain, des éoliennes », s'était exclamé Michel, d'un ton outragé. Oui. Des éoliennes sur l'ancienne ligne de front. Mon commentaire, je me l'étais gardé bien profond, « Espèce de don Quichotte, va ! Maintenant tu t'es même trouvé tes moulins à vent ! » Combien de fois les années suivantes j'avais entendu mon frère outré, rapporter l'affaire, « Planter des éoliennes là où ils se battaient, vous vous rendez compte ! Et pour le profit de qui ? D'une société européenne, à moitié allemande, en plus. »

Après le repas de famille, l'après-midi au lac a été nonchalant. On s'est allongées sur des fauteuils de jardin, Myriam et moi, mon père est parti dans sa chambre pour une longue sieste et Miguel est monté chez le garagiste voir l'état de la Mercedes. L'herbe, encore humide des orages de la veille, avait pris un vert lumineux. On entendait des bruits de vaisselle venus du camping, une radio, de temps en temps des bribes de conversation, et puis une voix qui appelle un prénom, « Jérémy ! Jérémy ! » On a papoté un peu, elle a ouvert un gros pavé d'une romancière américaine dont je n'avais jamais entendu parler. Le vent léger a glissé sur ses jambes dénudées, et moi aussi j'y ai abandonné ma peau. « On est bien, non ? » elle m'a lancé. Et je me suis endormie.

J'avais été naïve, oui, ce jour-là. Myriam et Miguel partirent tôt le lendemain matin, une location en dessous de Sitges qui n'attendait pas, et je ne les revis qu'à l'enterrement de mon père. Il s'était produit en fin d'après-midi un événement qui avait peut-être tout précipité, même si je suis prête à parier que cela n'avait été qu'un prétexte.

On bouquinait en terrasse en fin de journée quand mon père s'est soudain réveillé en sursaut, et de ce ton autoritaire qui lui était cependant de plus en plus rare, il m'a ordonné de tout préparer, on s'en allait. « On prend le petit déjeuner, et on s'en va ! » il répétait. Il était dans les 18 heures, l'excitation sur le lac était à son summum, nageurs, planches, jet-skis, c'était un raffut de cris et de moteurs montant jusqu'à nous. « Tu es déjà habillée, toi ? il a poursuivi. Tu as chargé la voiture ? » Je lui ai pris la main, elle était froide, et doucement, très doucement pour ne pas le brusquer, je lui ai soufflé près de l'oreille gauche qu'on était le soir, « Regarde, Miguel est là avec nous, et aussi Myriam. Tu te souviens du repas, à midi ? Tu as mangé du poulet et des petites patates rôties. » Ses yeux fixaient je ne sais quel horizon mental, et j'avais beau répéter, « On est le soir, papa, pas le matin», il rabâchait les mêmes mots, «Apporte-moi un café, on va partir, il faut partir avant les touristes.» Miguel, penché au-dessus de mon père, était comme paralysé, c'est Myriam qui a parlé la première, «Ça lui arrive souvent?» Et lui a ajouté, «Fallait pas qu'ils le laissent sortir de l'hôpital!»

J'ai senti la peur et les larmes monter. «Papa, crois-moi, je lui ai dit, on n'est pas le matin, tu vois le soleil sur le lac, il va bientôt se coucher.» Mais il semblait que tout de lui avait reflué dans un monde intérieur, fermé à la réalité. Myriam a porté à ses lèvres un verre d'eau, très lentement pour éviter qu'il ne s'étouffe, et soudain, il l'a reconnue, «Oh, Myriam, c'est toi? Je suis content de te voir.»

Mon père s'est couché encore plus tôt, ce soir-là. Miguel l'a accompagné dans sa chambre, il est resté au moment avec lui, je n'ai jamais su s'ils avaient parlé ni de quoi. «On a besoin de prendre un peu l'air, non? il a proposé en revenant vers nous. Maintenant qu'il est dans son lit, il risque rien, il va vite dormir.»

Alors on est partis au barrage, il paraissait qu'un café sympa venait d'ouvrir sur la rive d'en face. La

Volkswagen de mon frère sentait encore le neuf et le cuir, sûrement le reste de l'héritage du vieil oncle célibataire, et l'ordinateur de bord clignotait comme celui d'un avion. On a longé les méandres de la rive sur cinq kilomètres, et c'était toujours côté lac une succession de campings, maisons de vacances, clubs de voile, et, en surplomb, dans de vastes champs en pente, des vaches par lot de quatre ou cinq, certaines déjà couchées, leurs pattes repliées sous leurs carcasses.

Le café-restaurant s'appelait La Rive gauche, ça m'a fait sourire. Sans doute ouvert par un rejeton de ces grandes familles de bougnats montées à Paris au siècle précédent et ayant fait fortune dans la brasserie. Ça en jetait, pour le coin. Une vaste terrasse en bois avait été posée sur pilotis au-dessus de l'eau, des lampadaires solaires sur pied dispensaient une lumière douce autour de tables basses et de fauteuils en rotin blanc. La fraîcheur montait de l'eau, on s'est installés près du bord. À la carte, c'était des cocktails à huit euros et des bières à sept. « On est vraiment rive gauche », j'ai commenté, mais ni Myriam ni Miguel n'ont relevé. Ils n'avaient pas dû saisir l'allusion.

On était à peine assis que, brutalement, mon frère s'est relancé, « Il faut qu'on parle ». La dernière fois qu'on s'était croisés, lors de l'anniversaire de notre père au printemps de l'année précédente, on ne s'était pas dit grand-chose. Mes deux filles, ses deux fils avaient fait l'animation, et mon père, qui ne saisissait plus rien des conversations collectives, n'avait pas ouvert la bouche de la journée.

J'ai cru qu'il voulait parler de la maison du lac, la maison qui lui appartenait maintenant qu'on s'était partagé les biens de papa. Peut-être qu'il voulait la mettre en location l'été, il pouvait en tirer au moins mille euros la semaine, non ?

Il avait gardé ses Ray-Ban, c'était ridicule alors que le soleil était tombé. On a commandé deux virgin mojitos et une pinte pour lui. « Tu m'écoutes ? » il a repris, je ne pouvais rien capter de son regard ni de son humeur. « Papa est sénile, tu t'en rends pas compte ? Il capte plus rien, on peut pas le laisser continuer comme ça. »

Le mot « sénile » est venu me frapper le visage. C'était un mot étrange. J'aurais voulu le taper sur mon portable et chercher sa signification, sa vraie signification médicale, est-ce qu'il en existait une au moins ? « Il est pas sénile, j'ai répondu, il est vieux, c'est tout. Oui, il est vieux, j'ai repris. Mais il est pas mal pour son âge, il drague encore », et j'ai tenté un sourire. Myriam avait les fesses posées au bord du rotin, et j'ai eu envie de lui dire de prendre ses aises, qu'est-ce qu'elle était coincée. On approchait de la soixantaine, on n'allait quand même traiter les plus vieux que nous de séniles ?

Miguel a rapproché son fauteuil du mien, « Écoute, il faut qu'il aille en maison, il peut plus vivre tout seul. » Qu'est-ce qu'il en a à faire ? j'ai pensé. Il ne vient jamais le voir. C'est moi qui fais le sale boulot. Le sale boulot d'accompagner son vieux père en fin de vie. « Il veut pas, j'ai répondu. Il me l'a fait promettre. Je vais tout faire pour qu'il reste chez lui le plus longtemps possible. »

C'est alors qu'il a prononcé ces phrases. « T'es trop con, parce que la maison de Montpellier t'appartient, maintenant, et tu pourrais la vendre. T'es toujours locataire, à Paris, non ? »

L’année suivante

En début d'année suivante, un dimanche de février, Aurélie m'a lancé un coucou sur Messenger. Ce n'était pas dans ses habitudes de passer par les réseaux. Je déjeunais avec mes filles, j'ai attendu la fin d'après-midi pour l'appeler. L'hiver était rigoureux, me raconta-t-elle, la neige bloquait la montée vers sa grange. La conversation était décousue, sans vigueur aucune, il semblait que je la dérangeais. Je la dérangeais, ou plutôt, quelque chose la dérangeait, quelque chose qu'elle n'arrivait pas à laisser sortir. « T'as un souci ? » j'ai fini par lui demander.

Je ne l'avais pas revue, après le déjeuner chez sa mère cet été-là. Deux jours après le départ de Miguel et Myriam, le temps que la Mercedes soit remise d'aplomb, on avait déguerpi comme des voleurs, avec mon père, sans dire au revoir à personne.

Aurélie a laissé échapper un soupir, «C'est plutôt toi qui as des problèmes.» Aurélie avait croisé la notaire au supermarché, une jeune nana qui avait repris l'office depuis deux-trois ans. Ses grands-parents avaient possédé la grosse propriété de la Malgayrès jusque dans les années soixante-dix, qu'ils avaient dû vendre, faute d'enfants voulant prendre la relève. Deux générations plus tard, une petite-fille réapparaissait.

«Alors quoi? je l'ai coupé. Vas-y, dis!» La rumeur courait au village, Miguel aurait vendu la maison du lac à une famille originaire de Marseille, et Aurélie avait eu confirmation par la notaire, à la caisse du supermarché. Oui, il y avait compromis de vente, à un prix de vente «très satisfaisant», c'était le mot que la notaire avait employé.

Je suis partie dans un grand éclat de rire qui a désarçonné Aurélie. Je le savais, ou quoi? Miguel m'avait avertie? Il paraît qu'ils vendaient avec tout dedans. «Avec les livres aussi?» j'ai bêtement demandé.

Avec mon frère, on s'était passé un coup de fil rapide pour le premier de l'an, j'avais entendu

Myriam lancer en fond de pièce un « Bonne année, Hélène, à toi et à tes filles ! » Mon frère avait été élu conseiller régional d'Occitanie en décembre, il m'avait textoté ses résultats le soir même, « Élu à 56 % contre le candidat d'extrême droite ! Avertis papa, j'ai pas le temps de l'appeler, là, il sera fier ! » J'avais imaginé l'électricité dans le local toulousain du Parti de gauche, les bières sorties du frigo et les cendriers qui se remplissent, mon frère à moitié débraillé hissé sur les épaules de camarades, rugissant les mots de la victoire le poing levé, pendant que la petite télé fixée en hauteur diffusait les débats foireux entre les têtes parisiennes des partis.

Ils avaient donc vendu la maison du lac. La conversation achevée, j'ai fait aussitôt une fixation sur la bibliothèque, pourquoi n'en avais-je sauvé que trois bouquins ? Sitôt revenue à Montpellier, après ce qui avait bien été nos dernières vacances au lac, j'avais posé Ernaux, Kerouac et Bernhard sur ma table de nuit, tels des vivants qu'on fréquente régulièrement. On avait dîné tôt ce soir-là, j'avais rapporté du pays quelques tomates qu'on avait mangées en silence. Mon père avait retrouvé ses repères maintenant qu'il était chez lui, il avait fouillé un moment dans son bureau à la recherche de je ne sais quoi, puis s'était enfoncé dans son fauteuil râpé et avait mis sa petite radio à fond. Pendant des heures il avait somnolé dans le vacarme des infos en boucle, soulevant de temps en temps ses paupières pour vérifier la permanence de son monde. Comme si cette parenthèse au lac, acide et confuse, était déjà refermée, et avec elle la métamorphose de la maison, l'accident, le passage de Miguel. J'en ai profité pour répondre à quelques mails, dont un de Jérôme. « Pas de news de toi, ça va ? » Ses clients n'attendaient pas le rapport pour le pont du 15 août, quand même ? J'étais une bonne maçonne mais je n'aimais pas être harcelée.

Le soleil baissait à l'ouest, entre les deux micocouliers, et les oiseaux se relançaient dans leurs chants, après la torpeur du jour. Longtemps des pigeons avaient occupé la charpente, revenant à chaque période de nidification, et longtemps mon père les avait laissés faire, jusqu'à ce qu'il finisse par ne plus supporter le carrelage de la terrasse souillé de leurs petites merdes brunes, parsemé de brins de paille, de plumes et de cosses de fruits vidées. Il lui avait fallu plusieurs années pour vaincre l'invasion, à coups de gros clous plantés sur les poutres de la terrasse, puis en les enrobant d'inesthétiques mais efficaces grillages. Il paraît que désormais les oiseaux se rapprochent des zones urbaines, tant les campagnes leur deviennent hostiles – pesticides, disparition de la végétation buissonnière, c'est l'une des mutations déconcertantes de ce début de siècle. Dans le jardin de mon père, ils prospéraient toujours plus, au fur et à mesure que sa présence à lui devenait plus discrète. Tout un peuple se cachait dans les ombrages, invisible et bruyant. Gloussements, pépiements, gazouillis, il fallait exercer son oreille pour distinguer la vaste gamme de leurs chants. Un couple de rouges-queues s'était installé dans les chenaux, ils avaient des poussins au nid car, tandis que l'un se tenait en vigie sur une branche haute de l'olivier, l'autre plongeait sur le jardin d'à côté pour son manège nourricier, et en revenait toujours le bec garni d'un ver. Je me souviens avoir attrapé la main de mon père, ce soir-là. Sa peau s'était distendue, à la façon d'un gant trop grand. Elle était plissée, rêche et épaisse, constellée de taches brunes, et soudain elle m'avait semblé marquer son vieillissement ultime plus que sa surdité ou sa démarche vacillante. Je traque depuis peu l'assèchement de mes propres mains, ce fin quadrillage de rides apparaissant à la jonction des pouces, les veines ostensibles au tracé bleu, les premières dépigmentations.

Non, je ne le mettrais pas dans un Ehpad comme le souhaitait mon frère. Il finirait sa vie dans le chant des oiseaux.

Par-delà la haie, on entendait les « Ouaaaaahhhhh » répétés du fils des voisins nageant dans sa piscine, un adulte trisomique dont les brasses s'accompagnaient d'un long souffle, presque douloureux, jeté à la surface de l'eau. Ce soir-là, pour la première fois, mon père m'a demandé de lui couper les ongles, cela lui ferait l'économie d'une visite de la pédicure, me dit-il, quel prétexte ! Autour des soins du corps, poils du nez à couper, crème à appliquer ou gouttes dans l'œil, nous nous étions rapprochés précautionneusement ces dernières années, se préservant l'un l'autre, lui dans la peur de me forcer à un geste insupportable, moi dans le respect de son autonomie. La fragile intimité entre père et fille. Les ongles des mains coupés, sans remerciement ni rien, mon père a retiré vivement ses chaussettes, révélant au pied droit ces bouts d'orteils ratatinés, écrasés à la suite d'un accident de chantier. La chair était refermée sur un tout petit caillou de kératine. Alors sont remontés de mes années d'enfance les pieds dénudés de mon père, en été, sous les lanières en cuir épais des sandales, et cette absence d'ongles qui faisait naître en moi une de ces répugnances qui nous saisissent parfois, dans le contact avec les corps qui nous ont fait naître.

Je suis restée quelques jours dans le jardin de Montpellier, aux côtés de mon père, cet été-là de l'année 2015. Chaque soir il pleurait en regardant le journal télévisé, il revivait son enfance à travers chaque enfant syrien fuyant la guerre dans une embarcation. J'ai dû l'abandonner, pourtant, et remonter retrouver ma vie à Paris.

Une fois débarquée gare de Lyon, je suis sortie respirer la ville. Sur le parvis, c'était un désordre de taxis cherchant le client, de familles fébriles de retour de vacances, de retour dans la gueule du loup. Il faisait dense et lourd, le ciel était incandescent. Quelque chose dans l'air flottait, pire que la tension habituelle. Une sirène aiguë de police s'est estompée dans sa remontée vers la Bastille.

Puis je me suis enfournée dans le métro. À la station Hôtel-de-Ville, j'ai quitté la ligne 1, qui coupe Paris en deux parallèlement à la Seine, pour la 11, Châtelet-Mairie des Lilas, devenue la mienne depuis que j'habitais le XIXe arrondissement. Hôtel-de-Ville, Rambuteau, Arts-et-Métiers, République, Goncourt, Belleville. Place de la République, la statue de Marianne était surchargée depuis les attentats de janvier d'arts naïfs et émotifs que son rameau d'olivier bénissait, comme il bénissait depuis deux siècles les fièvres parisiennes.

J'ai toujours une sorte d'excitation de retour à Paris. Les retrouvailles me sont à chaque fois familières et étranges. Je reviens chez moi, ce Paris où j'ai choisi de vivre à vingt ans, où je mourrai en provinciale de ne pas y être née. Sitôt un pied dans le métro, la ville me saute à la gueule, trop de gens, trop de bruits, d'agressivité. Bizarrement, Paris m'impose souvent une remise à niveau brutale, comme pour tester l'amour que je lui porte. « Tu reviens ? Eh bien, regarde l'effet que je produis sur les âmes faibles. » Et ce fut le cas, cette fois encore.

À Hôtel-de-Ville, une femme est montée derrière moi, et après que je me suis assise, calant ma valise dans l'allée, s'est installée en face. C'était une grande femme maigre, autour de la quarantaine, tunique claire sur jean. Elle pouvait faire illusion avec ses traits fins, son chignon blond planté sur le crâne, qui lui donnait un port bourgeois, mais ses yeux étaient fébriles. Quand le buzz de démarrage a retenti, elle s'est mise debout dans l'espace étroit séparant les banquettes, et se dressant face à la vitre, elle a passé ses longs bras nus devant son visage, effleurant ses yeux, puis, glissant ses bras à l'arrière, remontant d'un geste gracieux le long de sa nuque.

Dans le reflet du tunnel, j'ai vu qu'elle avait fermé les yeux.

Puis elle s'est rassise.

À la station suivante, la même scène s'est reproduite : sitôt les portes fermées, elle a entamé son étrange ballet. Ses longs bras mouvants de pieuvre ignorant le fracas des rails, les canettes de bière vides roulant aux pieds dans les virages, les regards baissés sur les portables.

Personne dans le compartiment n'a bronché.

À Arts-et-Métiers, elle est descendue en grande dame impassible. Une fois sur le quai, elle a tourné la tête vers le compartiment, et, dans un sourire hypnotique, au travers de la vitre, a découvert les deux seules dents qu'elle possédait encore à la mâchoire supérieure.

Sitôt à la maison, j'ai appelé mon père. « Je suis bien arrivée, papa, aucun problème de train ! » Il a bafouillé quelques mots, sûrement que je l'avais réveillé d'un de ses endormissements. Les plantes avaient souffert de mon absence, en dépit des bassines dans lesquelles je les avais noyées. Le bégonia qui déployait toute l'année ses pétales roses au bout de tiges démesurées avait perdu ses fleurs, et c'était sur le plancher un cimetière de feuilles brunes en décomposition. J'ai levé la tête. Un avion amorçait sa descente vers Roissy, ses feux rouges clignotaient en silence. À Patrick, j'avais dit que c'était les avions que j'observais de chez moi, tandis que lui traquait le vol des vautours. Je l'ai imaginé planté sur son promontoire, au-dessus de la vallée du Tarn. Bientôt l'été serait terminé. Elle était comment, sa solitude ? J'ai saisi le portable pour lui écrire. « De retour à Paris. Bises. »

Et le texto s'est envolé dans le ciel.

Jamais je ne l'ai revue, la danseuse aux bras de pieuvre. Certains dingues du métro ont des régularités de lignes et d'horaires, on les croise et on les recroise et puis ils finissent par disparaître et on s'en étonnerait presque. Visages anonymes et pourtant familiers. Migrants aux yeux effarés dérivant dans les rues. Vieillards faisant la manche au même carrefour, comme celle-là qui alpaguait les passants au passage piéton place Jourdain près de chez moi, recouverte de couches de tissus, maîtrisant mal le français. Mais c'était toujours dans le confinement du métro que les scènes les plus troublantes se produisaient, comme si, dans les souterrains de la ville, une fois les repères perdus, le ciel et l'heure, le nord et le sud, tout prenait une dimension hallucinante. Un monde inversé, où chacun de nous basculait dans ses catacombes intérieures – violences, effrois irraisonnés, méfiances, égoïsmes.

Sous la ville se dissimulait une autre ville et d'entre ses failles surgissait notre condition la plus sauvage : vers 22 heures un soir, je sortais du cinéma sur la piazza Beaubourg quand mon attention avait été arrêtée par un petit gosse, quatre ou cinq ans, pas plus, planté au-dessus d'une bouche d'égout ouverte, une de ces plaques rondes en fonte qui se découpent dans le ballast des trottoirs. Seul, attendant on ne sait quoi, au bord de ce trou noir. On devinait l'échelle s'enfonçant dans l'obscurité, ces réseaux fétides d'évacuation de nos eaux usées, pisse et merde, qui quadrillent le sous-sol. Pourquoi avait-elle été déplacée, cette bouche d'égout ? Devant l'incongruité de ce tout petit gamin abandonné, un passant s'était approché, un Noir d'une cinquantaine d'années, et alors qu'il lui adressait la parole, lui disant de faire attention, une tête était sortie de terre, puis un homme tout entier s'était hissé et, quand il avait surgi de la bouche d'égout, il portait sur l'épaule deux couvertures roulées, attachées par une corde. L'homme était aussi malingre que l'enfant, peaux et tissus aux mêmes teintes délavées. C'était donc ça, l'histoire : le gamin attendant son père, qui à la nuit tombée allait récupérer les couvertures planquées dans les égouts. Le reste de la famille devait attendre pas loin sur des cartons, souvent on en voyait dîner de pizzas dans leurs boîtes. Les yeux noirs des mères sous les foulards.

Le passant attentionné s'était vite enfui, je l'avais regardé prendre la tangente vers la rue du Renard, disparaissant dans la nuit. Aux étages du Centre Pompidou, derrière les parois vitrées, on devinait encore les derniers occupants de la bibliothèque attablés sous les lumières blanches, étudiants des banlieues pour la plupart, trouvant là une tanière protectrice. À la fermeture, des filles voilées aux ongles impeccablement vernis s'enfuyaient vers la station RER des Halles rejoindre les cités du nord. Dès sa construction, quarante ans auparavant, la piazza Beaubourg était vite devenue ce pôle électrique autour duquel venaient se polariser tous les désirs, désœuvrements, divertissements, magouilles. Les terrasses pleines, la vente de livres d'occasion à même le sol, les petits voleurs frôlant les touristes. Les odeurs de sucre et de graisse s'échappant des minuscules boutiques ouvertes sur la rue. La ville, quoi.

Il ne neigeait pas à Paris, hélas, le jour où Aurélie m'appela. C'était un de ces dimanches ternes, pluvieux par intermittence, où je m'enfermais chez moi. Lire, siester. Travailler quelques heures l'après-midi. J'étais restée immobile à la table en bois, face à l'écran de l'ordinateur, après la conversation. On aurait pu y manger à six, sur cette table, le bois était taché par endroits mais il était si doux qu'il m'arrivait de le caresser. Ma table paysanne, je l'appelais, par attache fantasmatique aux origines. Je l'avais collée contre la cloison intérieure de la chambre, ainsi je me préservais des distractions du ciel ouvert qui donnait à ce deux-pièces en hauteur sur les Buttes sa respiration, vols d'oiseaux et nuages.

Je n'avais pas appelé mon père, dans la soirée, c'était pourtant l'usage entre nous, comme s'il nous fallait terminer ensemble la semaine. Quelques phrases suffisaient, souvent les mêmes, cela démarrait toujours autour du temps qu'il faisait, chez lui, à Montpellier, chez moi, à Paris. Il n'arrivait pas à croire, pour n'être venu à Paris que deux fois dans sa vie, qu'il puisse pleuvoir ici pendant des jours alors que, ce dimanche de février, il avait dû fermer ses volets tout l'après-midi pour se protéger du soleil. Cette inégalité météorologique lui restait abstraite, comme toute une partie de ma vie lui était insaisissable, ces journées passées devant un ordinateur à aligner des mots et des chiffres, mon divorce qui l'avait choqué au point de le cacher à ses proches. J'avais conservé une ligne fixe juste pour nos conversations, car au portable ma voix passait moins bien, il s'en plaignait toujours, « Mais tu es où ? Je t'entends pas ! » Le Panasonic était un tube à la coque noire qui s'ouvrait en deux pour révéler le combiné et ses touches, et son design après sa mort m'a paru morbide, sorte de stèle dressée en mémoire de ces phrases anodines que nous avions échangées pendant des années. « Et tes filles, elles vont bien ? » « Tout va bien pour elles, elles font leur vie. » « Et au bureau, ça va bien ? » « Oui, trop de boulot mais ça va, ne t'inquiète pas, papa.» «Alors c'est le principal, si tout va bien, je demande rien de plus.»

S'y ajoutaient, depuis les attentats du 13 novembre, des paroles d'angoisse. «Ne traînez pas trop dans les rues, hein?» Je ne lui avais pas dit que, depuis, je portais en permanence des baskets, même les jours où j'étais en jupe, histoire de courir plus vite au cas où. Je crois bien qu'il n'avait jamais eu peur de rien dans sa vie, ou plutôt qu'il avait toujours surmonté ses peurs, mais maintenant qu'il était devenu un vieillard fragile, tout lui devenait source d'inquiétude, même un simple voyage en train que je pouvais faire, alors je répétais: «Tout va bien, papa. Ne t'inquiète pas.»

Que dire à mon père, après la conversation avec Aurélie? La nuit était tombée sans que je m'en aperçoive. Je ne pouvais pas l'appeler et faire comme si de rien n'était, en oubliant ce que je venais d'apprendre: Miguel avait vendu la maison du lac. «Jamais nous n'y remettrons les pieds, papa.» Est-ce que je pouvais prononcer cette phrase-là?

On devinait, au travers de la baie vitrée, que le vent du nord soufflait fort, il nous apporterait peut-être la neige. Il neigeait l'hiver, au lac. J'ai revu l'arrière de la maison bloquée par des congères, mon père la pelle à la main ouvrant un chemin vers la porte d'entrée, pendant que Michel et moi on se bagarrait à coups de boules de neige, on avait pourtant la vingtaine au moins. Les images se sont bousculées dans le désordre de la mémoire, ignorant la chronologie, remontant le temps puis l'accélérant, faisant surgir des scènes de la vie ordinaire, mes filles entrant dans le séjour, dissimulées sous une couette en croyant nous faire peur, mon ex-mari tisonnant la cheminée, ma mère, en pleine santé et en maillot de bain. L'annonce de la vente avait résonné comme celle d'un décès. Tu entends, Miguel, c'est la mort de la maison que tu as signée en la vendant ! Avec son passage dans des mains inconnues, c'était la dissolution de notre histoire familiale, tout ce que ses murs avaient engrangé de nos existences. Nous y avions tant vécu, dans cette maison, et sans doute parce qu'elle n'avait accueilli que des jours de vacances, il ne m'en restait plus que la mythologie des moments joyeux et du bonheur en famille.

La maison est partie. Je me suis surprise à employer la même expression que pour une personne. Comment garder des traces de nos existences, hors des lieux qui en ont été le témoin et le refuge ?

Soudain, une corneille a déchiré le ciel d'un croassement strident, pour disparaître dans les hauteurs. Elles étaient des milliers dans le parc des Buttes-Chaumont, à quelques rues de là, maîtresses du ciel et des pelouses. En vol bas agressif, le bec noir effilé, leurs grandes ailes déployées, le cri sourd. Les plus belliqueuses s'en prenaient aux chiens que leurs maîtres laissaient vadrouiller en liberté le week-end. Pauvres chiens des villes. Je ne les aimais pas, ces corneilles. « La bande des Buttes-Chaumont », je les appelais, en référence au réseau islamiste auquel appartenaient les frères Kouachi, les terroristes qui avaient attaqué *Charlie Hebdo* et tué douze personnes l'année précédente. Ils s'étaient entraînés dans le parc, footing et sports de combat, en rêvant de rejoindre Al-Qaïda. Leur enfance, ils l'avaient vécue à quelques centaines de mètres à vol d'oiseau, dans une tour de la rue d'Aubervilliers, de l'autre côté du canal de l'Ourcq. Peut-être était-ce une de celles-là, au nord-est, plantée dans le panorama de ma baie vitrée. On vivait des temps obscurs. Une période fertile en prémonitions funestes, qui, hélas, se révélèrent justes. La dernière semaine au lac s'était encastrée entre les attentats de janvier et ceux du 13 novembre, et je suis assez ridicule pour penser qu'une telle concordance n'était pas un hasard. Ma petite vie résonnait à sa manière avec l'Histoire pour me signifier qu'on entrait dans la perte.

Soudain, ma voix s'est élevée, elle a dit « Stop ». Oui, à voix haute je me suis dit « Stop ». J'ai tapé du poing contre la table. Ça suffit la nostalgie. Ça suffit les regrets. Plutôt la colère.

Je me suis répété souvent ces phrases, durant le printemps 2016. Ça suffit la nostalgie. Ça suffit les regrets. Ça suffit les passions tristes. Je n'avais pas appelé Miguel histoire de régler les comptes. On verrait bien le temps que ça lui prendrait pour m'annoncer la vente de la maison. Je misais sur six mois au moins, et pour sûr, il lâcherait son méfait au détour d'une conversation, comme une information anodine, du genre, « Au fait, la maison du lac, on l'a vendue… » Et je l'imaginais pérorer, « Avec mon poste au conseil régional, on n'a plus trop le temps pour des week-ends… »

Ma colère durcissait, bientôt elle serait caillou.

À Pâques, j'ai rendu visite à mon père, trois jours durant lesquels je l'ai surpris à plusieurs reprises en conversation téléphonique avec Rosie. Sitôt que je partais m'aérer sur le peu de garrigue qu'il restait encore dans les environs, il devait s'acheminer lentement vers son bureau et aussi lentement taper son numéro sur les grosses touches du téléphone, espérant qu'elle réponde vite en dépit de ses cannes, car lui, impatient, raccrochait toujours après quelques sonneries.

Plus accrochés que de jeunes amoureux. Que se racontaient-ils ?

Ces trois jours-là, je les ai passés à photographier la maison et le jardin. Il faut que je sois de bonne humeur pour dédoubler le monde dans un cadre et lui donner du sens. Une fureur d'images m'a prise, dès le soir de mon arrivée. Au soleil couchant, tout prenait une teinte rouge, le tronc de l'olivier et les ramures des micocouliers, et la coupole du ciel se déployant au-dessus du toit du petit supermarché voisin dans des dégradés de rose, avec ces nuages en forme de virgule qu'on aurait crus déposés sur la toile par un peintre ringard. Contre un mur de la terrasse, quatre vieux balais et un seau en plastique dessinaient avec leurs ombres une composition géométrique et j'ai passé un quart d'heure à trouver le bon cadrage.

Je sentais mon père, derrière la baie vitrée, me regardant déclencher en position accroupie, avancer, reculer, me décaler. J'ai enlevé le seau, l'ai remis en place. L'un des balais, posé en biais, déstabilisait l'image, et à l'instinct je savais qu'il ne fallait surtout pas y toucher. Qu'est-ce qu'il pensait de sa fille, photographiant de vieux balais dans la lumière du soir ? Tout d'un coup, je me suis tournée vers la baie vitrée, la photo parfaite était là. Mon père se détachait sur le fond noir de la pièce. Il était avachi dans son fauteuil aux fleurs fanées, le regard perdu, et dans le reflet de la vitre, j'apparaissais en arrière-plan, l'appareil photo en main, floue mais reconnaissable. Ses traits à lui étaient parfaitement nets, le nez plus long maintenant qu'il avait tant maigri, les joues aux rides tombantes, et ses lèvres fermées accentuaient cette fuite dans son monde intérieur que le Fuji, à la vitesse de 1/600e de seconde, arrêta en un seul déclenchement.

Ce week-end-là, j'ai rempli ma mémoire photographique d'instants fragiles qui portent l'émotion par on ne sait quel miracle. Leur simplicité, peut-être. La vieille brouette renversée depuis des années dans l'allée bétonnée qui menait au garage. Les portraits de famille à touche-touche sur la télévision, photographiés de nuit : chaque visage rendu indistinct comme si tous nous avions basculés dans la brume grise du souvenir. À mon réveil de la sieste, le dimanche, le soleil filtré par les volets s'est décomposé en stries sur la peinture naïve de collines, suspendue à un gros clou. La lumière faisait surgir de ces couleurs surannées une présence vive, la force du renouveau.

J'ai repoussé le volet et les murs blancs m'ont éblouie. Un gecko était accroché à l'embrasure de la fenêtre, à portée de main, immobile, tête en bas. Jamais je n'en avais vu à Montpellier, je les croyais habiter des contrées plus exotiques. Animal aussi primitif qu'un dinosaure. Il aurait pu surgir des temps jurassiques, écailles, pupilles dissimulées, et surtout ces incroyables pattes aux ventouses en éventail. Est-ce que les geckos apportaient le bonheur ou le malheur ?

Le temps que j'aille chercher mon appareil, il avait disparu. Je me suis penchée dehors, cherchant où il avait bien pu se cacher, avait-il grimpé le long de la façade, fui jusqu'au toit? Jamais je n'avais photographié un gecko, j'avais plus de familiarité avec les vaches. C'est alors que j'ai entendu un long soupir. Un grand «Aaaaaah», plutôt joyeux. Quelqu'un m'avait observée pendant que j'observais le lézard préhistorique. Une haie compacte nous séparait du jardin des voisins, du lierre épais recouvrait le grillage à moitié avachi, mais soudain, près du lilas blanc qui était une splendeur de leur jardin, s'est encadrée entre les branches la tête du fils du voisin. Il devait bien avoir cinquante ans, maintenant, c'est-à-dire pas loin de mon âge, les cheveux ras, encore noirs, et ce regard direct qu'ont souvent les trisomiques, un regard toujours curieux de la rencontre. Il a prononcé un autre «Aaaaah», joyeux et soulagé. Je l'avais vu et reconnu.

Le soir, mon père a voulu dîner sur la petite table de la cuisine, et non sur la terrasse, en dépit de la douceur du printemps. Mon père ne supportait plus le moindre courant d'air, il semble qu'en fin de vie comme en son début le corps ne sache plus ou pas encore s'adapter aux variations de température et d'humeur. Les bébés pleurent, crient, frissonnent. De plus en plus mon père avait de brusques débordements de larmes ou des accès de colère sans objet. Régine, son infirmière, m'avait appelée la semaine d'avant, victime d'une méchanceté subite qui l'avait inquiétée, alors qu'elle louait d'habitude la gentillesse de mon père. Y avait-il un souci dont je ne l'aurais pas informée ?

J'ai fait chauffer de l'eau pour son bouillon aux pâtes, c'est tout ce qu'il mangeait le soir, avec un yaourt, puis lavé trois endives pour moi. Il restait un bout de roquefort au frigo, et pendant que je le mélangeais à la vinaigrette, le téléphone a sonné. J'ai entendu ses pas glissants rejoindre son bureau et puis sa voix forte pousser ces mots : « Allô, c'est qui ? »

Et puis le silence. Le silence a duré une minute au moins, et c'était plutôt inhabituel de sa part de laisser l'interlocuteur tenir le fil de la conversation. J'ai essuyé mes mains et suis sortie de la cuisine. Il était affalé sur son siège, le combiné à l'oreille. Ce n'était pas Rosie, au bout du fil, avec Rosie il était le maître des mots.

«Bon, je te passe pas ta sœur, c'est pas la peine. *Adios*», il a enfin dit.

Et il a raccroché sèchement.

En se relevant, il s'est appuyé lourdement sur les accoudoirs, et j'ai pensé qu'il faudrait le jeter, ce siège roulant, il était trop dangereux, un jour il raterait l'assise et se retrouverait par terre et se ferait très mal. Des pensées déconcertantes nous envahissent la tête aux moments les plus imprévus. Quand mon père s'est tourné vers moi, j'ai craint des larmes soudain. Mais ses yeux, en dépit du glaucome qui lui dévorait la vue et le rendrait aveugle s'il vivait assez longtemps pour ça, étaient vifs et noirs. Des yeux à tuer l'ennemi. Jamais mon père ne nous avait appris la bonté sans condition. La bonté se méritait. Pas de pitié pour les salauds.

«Tu le savais? il s'est mis à hurler. Tu le savais qu'il avait vendu et t'as rien dit?» J'étais là, les mains dans un torchon. Merde, c'est moi qui allais prendre. Il s'est mis à tourner en rond dans son bureau, et ses tout petits pas étaient aussi nerveux que ceux d'un rat affolé, un rat acculé dans un piège. «Tout le monde se fout de ma gueule maintenant», il a dit. Je l'ai attrapé par le bras, il fallait qu'il pleure, qu'il lâche, et je voulais pleurer avec lui, laisser tomber les dernières défenses, se dire enfin les mots qu'on doit se dire, à la fin.

Étonnamment, il n'y a eu aucune larme, ce soir-là, coulant ni de ses yeux à lui, ni des miens. On n'allait pas pleurer les trahisons familiales, les amours envolées, les exils douloureux. Il se calma aussi soudainement qu'il avait explosé. Je nous revois face à face à la petite table de la cuisine, mon dos coincé contre l'évier. On entendait au travers de la vitre les excitations joyeuses des oiseaux à la tombée du jour. Mon père allait partir dans quelques mois ou quelques années. Moi, je n'étais plus sa petite fille depuis longtemps, mais une femme mature, qui avait réussi pas mal de choses et échoué aussi, la vie se nourrit de ses faillites. Nous n'étions pas des tendres, tous les deux. Non, on ne se lamenterait pas sur la perte de la maison du lac, que Miguel avait vendue pour s'acheter un pied-à-terre toulousain près du conseil régional, comme je l'apprendrais plus tard de sa bouche. Un « pied-à-terre », il employa ce mot ridicule.

Mon père repoussa d'un geste vif son assiette de soupe une fois vidée et ouvrit enfin la bouche. Je crus qu'il allait me faire une révélation, de ces secrets qu'on lâche sur son lit de mort. Mais non, il était bien vivant ce soir-là, la colère lui avait rougi le sang. « Comment tu vas, ma fille », il m'a demandé. Quelle question embarrassante. Je me suis levée pour aller chercher les garriguettes, ces fraises si odorantes, les premières de l'année, que j'avais noyées d'un jus de citron. « Assis-toi, il a repris, autoritaire. Arrête de faire la bonne et dis-moi. Ça va ta vie ? »

Je ne lui mentis pas, ce soir-là, je me mentais assez à moi-même. Tant d'intimité soudain. Puis la conversation prit un tour inattendu. On revisita des souvenirs joyeux, même si la vie ne nous avait pas épargnés l'un l'autre de ses drames. Lui, l'enfant de la guerre, avait été déniaisé bien vite et moi, au début de ma trentaine, j'avais vécu l'un de ces déchirements qui refondent une existence, en accompagnant ma mère au cimetière le ventre gros de ma deuxième fille.

On s'embrassa ce soir-là, avant de rejoindre chacun notre chambre. Il me garda longtemps dans ses bras. Ce fut notre dernière vraie conversation, et ce n'était pas une leçon funèbre mais une sommation à la vie.

J'ai sorti la poubelle, le lundi de Pâques, embrassé mon père et pris le chemin de la station de tram. À l'angle de la rue, je lui ai fait un salut de la main, depuis des années le cœur me serrait à l'idée que ça pouvait être le dernier. Ma valise a rebondi sur le trottoir, le tac-tac-tac des roulettes en petite mécanique lancinante.

J'avais le cœur serré mais j'étais heureuse de partir.

Et je partais sur un mensonge. Je n'allais pas prendre le TGV Montpellier-Gare de Lyon de 15 h 20, celui que je réservais d'ordinaire, comme je l'avais fait croire à mon père. Notre conversation de la veille n'avait en rien changé mes envies de secret. Au contraire.

Il faisait déjà chaud, à Montpellier, ce mois d'avril. Je suis descendue une station avant la gare, et j'ai pris un expresso à la terrasse du Grand Café Riche, place de la Comédie. Toute ma jeunesse passée ici jusqu'à l'âge de vingt ans, cette ville avait été une matrice joyeuse. Mais j'étais partie depuis trop longtemps, et le café était dégueulasse, les gens dénudés, les filles très maquillées, l'accent criard. Je m'étais fait voler mon portefeuille à l'automne, à la station de tram devant le Monoprix. On avait mémorisé mon code de Carte bleue dans mon dos alors que j'achetais des tickets, puis on me l'avait volée, et dans les cinq minutes j'avais été dépouillée de cent cinquante euros aussi facilement qu'une touriste imprudente.

J'ai enlevé ma veste et allongé les jambes. Cette lourdeur du soleil qui tombait sur le corps. Ma peau blanche en souffrait vite, mais à l'intérieur, c'était un feu qui s'animait, le Sud se rappelait à moi. Enfin libre. J'avais une semaine de vacances devant moi et personne ne saurait où me trouver. J'ai textoté : « Je suis là dans deux heures. » Puis j'ai descendu la rue Maguelone vers le parking de la gare. À l'étage des voitures de location, la Citroën puait le plastique neuf, et j'ai mis du temps à déclencher le contact électronique. Mais je n'allais quand même pas regretter la Mercedes.

La voiture a accroché la route en douceur sitôt sortie de Montpellier. La ville oubliée, le paysage s'ouvrait sur ces terres chaudes qui longtemps avaient été viticoles, collines douces, villages perchés, hauts cyprès. C'était les ciels, ici, qui me fascinaient, lumineux et profonds, la vue portait loin devant jusqu'aux contreforts des plateaux à cent kilomètres de là. La montée en altitude se mesurait au changement de lumière, comme si le soleil n'était pas le même partout, ou qu'il changeait de caractère et d'humeur, agressif sur la plaine méditerranéenne, délicat dans le haut pays.

Il y avait peu de circulation, en ce lundi de Pâques, et aucun de ces semi-remorques qui traçaient la route depuis l'Espagne jusqu'au nord de l'Europe. Après le viaduc de Millau, je serais chez moi en moins d'une demi-heure.

Chez moi. J'emploie toujours cette locution, et pourtant. «Chez moi» parce que j'y étais née? Pourquoi cette attache sentimentale au terroir alors que mon père avait vécu l'exil comme une liberté?

Depuis que le mot «*ostal*» était revenu en moi, je m'amusais à le faire rouler dans la bouche, *ostal*, *ostal*, cinq lettres, deux syllabes chantantes, et bien qu'il ne contienne pas de «r», j'y entendais la dureté du pays, de ses sols granitiques et de ses mœurs.

En quittant la départementale D911 qui relie Millau à Rodez, j'ai ressenti cette émotion qui m'étreignait toujours à plonger dans ce territoire en marge des grands axes. La route étroite, parsemée des gravillons drainés par le sale temps d'hiver, s'enfonçait pendant dix kilomètres dans les contreforts du plateau avant de mourir en bord de lac. Mais juste avant, c'était un moment de grâce, à perte de vue un plateau dévolu à la culture du blé, une harmonie de teintes pâles fouettées par le vent. Et loin à l'horizon, le lent ballet des éoliennes. Jamais je n'avais pris le temps de faire halte à cet endroit. Alors, d'un coup de volant, je me suis garée sur le bas-côté, derrière une remorque rouillée qui n'avait pas dû prendre la route depuis longtemps.

Un tel dépouillement dans les lignes.

J'ai pris un grand souffle d'air, les joues rouges, les cheveux fous. L'urgence de vivre, soudain. Et j'ai pissé.

Je n'allais pas passer par le village, oh non, j'étais là en clandestine. Comme mon père, j'aime les amours cachées. Patrick m'avait indiqué un contournement par le bois des Canabières. Pour la première fois de ma vie, je revenais seule au bled.

J'ai posé la main sur la cloison en sapin. C'était une de ces cloisons à l'ancienne, aux planches mal rabotées et inégales, qui avaient dû être débitées au siècle d'avant dans les forêts alentour. Le bois était rugueux, on discernait encore des éclaboussures de vieille peinture blanche dans les nœuds, que même la ponceuse électrique n'avait pas réussi à araser.

Le printemps avait colonisé la pièce d'un vent d'odeurs sucrées.

« Qu'est-ce que tu caresses ? » Patrick était dans mon dos, une nouvelle fois j'avais oublié combien il était grand. Bientôt il allait s'approcher, et je sentirais son souffle dans mon cou. J'avais été surprise, l'été dernier, tellement c'était cosy chez lui. On aurait pu la louer sur Airbnb, sa masure, comme s'était moquée sa sœur qui n'y avait jamais mis les pieds. Le seul élément qui semblait avoir été conservé du temps de l'arrière-oncle était cette cloison en planches rustiques, derrière laquelle le berger devait dormir au chaud des bêtes, tout comme Patrick dormait aujourd'hui, mais sur un matelas de laine épais, posé en hauteur sur une estrade.

Il avait déjà le visage et le cou rougis de ses promenades de cueilleur, mais quand j'ai soulevé son t-shirt, son torse est venu, pâle de l'hiver.

J'avais cherché à me rappeler son corps, ces derniers temps, comme on se remémore une chanson oubliée, on en a gardé la mélodie mais les mots ont disparu, et que disaient-ils ? Durant l'hiver j'avais fouillé dans mes archives photo pour retrouver des clichés de lui, et j'étais tombée sur une série faite en catimini alors qu'il était sous la douche, il y a trente ans, rue de Maguelone. Bizarrement, je n'en avais aucun tirage, mais les pellicules argentiques avaient surgi, bien alignées sous leur papier calque, dans leurs valeurs inversées de noir et de blanc. Au travers de la paroi cloquée de la cabine de douche, on devinait une silhouette longiligne occupée à se savonner, les traits du visage brouillés par l'eau, les cheveux courts en pétard et puis son sexe, je me souviens de son sexe entre ses jambes, un beau sexe long et mince.

Tant d'autres corps d'hommes depuis avaient laissé leurs empreintes au bout de mes doigts.

Longtemps je l'avais cru mort, Patrick, consumé par l'urgence de vivre. Mais non. Son visage, rides profondes et cheveux filasse, était celui d'un type qui s'était beaucoup dépensé, en galères et plaisirs. Mais tandis qu'il m'attrapait par les épaules et me collait à lui, il devenait soudain un inconnu, nous étions étrangers l'un à l'autre, d'avoir chacun vécu notre vie. J'ai posé la main sur son torse, entre les deux seins. Il était maigre, la peau calleuse. J'ai remonté l'une après l'autre chacune de ses côtes. Dans sa cage d'os, son cœur tapait avec régularité, c'était un cœur rasséréné.

« On baisait bien tous les deux, non ? » Il a fini sa phrase en étirant légèrement les lèvres. Alors je l'ai reconnu, c'était sa marque de fabrique, cette moue, il ne l'avait pas perdue et moi je m'en souvenais maintenant, il l'avait si souvent, à la fac, et tant de gens la trouvaient moqueuse.

« Bof, j'espère qu'on a fait des progrès depuis », j'ai répondu.

Il a éclaté de rire, un rire joyeux, et moi aussi j'ai ri, depuis tant de temps un tel rire n'était pas sorti de moi, simple, libre. On s'est poussés l'un l'autre sur le matelas et soudain on a été enveloppés dans un cocon de vieilles planches et de murs de pierre. La porte était restée ouverte, la lumière dorée du printemps rasait l'herbe folle, et bientôt elle a rasé nos peaux.

À moi, l'âge avait donné encore plus de rondeurs, aux hanches, aux fesses et aux cuisses, au caractère, alors il a entrechoqué ses os contre mes chairs, il était resté sauvage et moi je n'avais jamais été banale dans un lit. Nos corps avaient été travaillés par le passage du temps, et, comme le bois, avaient enregistré les périodes de grand froid et les étés de sécheresse. Les veines de ses mains étaient bleues et bombées sur mes seins et j'ai dû sans doute plus longtemps qu'il y a trente ans le prendre dans ma bouche pour qu'il bande.

Os et chairs et sperme et sang vibrionnant.

On ne s'était pas trop amollis, avec l'âge. On a réussi de belles figures jusqu'à ce que la fatigue nous prenne.

Plus tard, sa main m'a attrapé doucement l'épaule et je me suis réveillée.

« C'est l'heure », il m'a dit. Je ne savais pas de quelle heure il s'agissait. J'ai fait comme lui, passé vite un jean et un pull, chaussé les baskets à nu. Il m'a tendu une couverture qui traînait sur une chaise et je l'ai suivi.

On était à la brune, ce passage fragile vers la nuit où la lumière semble rester en suspens, avant de sombrer tout à fait. Tout le pays faisait silence, les oiseaux et le vent dans les branchages, et d'instinct nos pieds dans l'herbe se sont faits légers. Patrick a pris un chemin qui montait derrière les rochers et on a marché pendant une dizaine de minutes. Il commençait à faire frais, alors je me suis enroulée dans la couverture. Il lui suffisait de réapparaître, et voilà, je redevenais une Indienne du haut pays. Une Indienne des grands espaces et de la lune. J'ai souri. Le sexe m'avait donné un souffle profond, et mes enjambées se sont mises au diapason des siennes, larges, puissantes.

Au moment où l'on atteignait le plateau, il s'est arrêté et, se tournant vers moi, il a mis un doigt sur ses lèvres. « Chut. » On s'était toujours bien amusés ensemble, enfants impétueux que nous avions été. Il m'a fait me courber d'une main dans le dos, et on a avancé jusqu'à un bosquet d'arbres. On s'y est accroupis, dans l'humidité des feuilles en décomposition. L'intérieur de mes cuisses avait travaillé dans l'amour, ça faisait longtemps que je ne les avais pas senties aussi vivantes. La nuit avait mangé le ciel et la terre, on devinait devant nous une vaste prairie bosselée, clôturée en bout par une barrière d'arbres denses, des saules peut-être. Sûrement une de ces tourbières primitives, à la terre gonflée d'eau.

« Tu vois les joncs près de la tache bleue ? il m'a demandé, à voix basse. En bordure du bois, à droite. » Mon œil s'est accoutumé, et la tache bleue est devenue une sorte de grande citerne en plastique, coupée en deux, peut-être pour abreuver les vaches. « Maintenant, on attend. Elle va arriver. » Il s'est blotti contre moi sous la couverture. J'ai retrouvé son odeur de sueur et de cheminée.

On n'était plus qu'une bête à deux têtes en dessous des étoiles.

On n'a pas attendu longtemps. L'index de Patrick s'est dressé et a désigné l'orée du bois, à gauche. Des arbres s'agitaient, le frisson de feuilles et de branches a glissé vers la droite, lentement, alors son doigt s'est figé sur le bouquet de joncs, près de la citerne. Dans la presque obscurité, les tiges dessinaient un fin treillis japonais se découpant sur la prairie. « Elle est là », il m'a dit. Et j'ai fini par voir. Deux oreilles pointues surgissaient par intermittence au-dessus des joncs, sans doute que l'animal broutait. En alerte permanente, elle dressait ses oreilles dans la crainte d'une menace.

Une biche.

« Oooooh », j'ai soupiré.

J'avais vraiment perdu la familiarité avec la vie sauvage.

Patrick m'a posé une main sur les lèvres, et le geste est devenu douceur et caresse. Le temps d'un baiser, la biche avait disparu.

Elle allait bientôt mettre bas, me raconta-t-il une fois de retour à la masure. Presque chaque soir il montait jusqu'à la tourbière, elle n'était pas toujours au rendez-vous, mais souvent. Et c'était chaque fois le spectacle recommencé, l'annonce de son arrivée par un bruissement de feuilles, son avancée jusqu'à hauteur des joncs et parfois, elle était assez confiante pour se laisser observer à découvert, près de la citerne bleue. Une jeune biche nerveuse, au ventre alourdi, qui détalait à un simple hululement de chouette. Et l'œil n'était jamais assez rapide pour suivre sa flèche.

M'était revenue alors une phrase, non, plutôt le vague souvenir d'une phrase, dans quel livre ? La biche comme l'apparition de la vérité au pays des mensonges. Patrick avait chargé le poêle à bois, la masure prenait le rouge des flammes. Il a fait chauffer du vin, l'a sucré. Ce mot, « masure ». Je l'aimais bien, finalement.

Je crois que je me suis assoupie dans le fauteuil. J'entendais Patrick se déplacer dans la pièce, farfouiller ou ranger, et puis à un moment il a disparu. J'étais seule dans le silence des hautes terres. Seule comme lui l'était chaque jour et chaque nuit.

Alors j'ai vu la biche apparaître à la fenêtre et me sourire.

Mais c'était en rêve.

J'ai attendu plusieurs jours pour descendre au lac. On passait nos matinées à marcher, ça amusait Patrick de me voir photographier des troncs d'arbre. On est même descendus jusqu'à Coudols, dans la vallée, le village avait pris le nom du ruisseau modeste qui caracolait entre les roches avant de se dissoudre plus loin dans le Tarn. Il devait y rester une dizaine d'habitants, tous des vieux de quatre-vingts ans et plus. C'était un paradis, ce trou perdu, il recelait le meilleur de ce qu'un humain aurait dû désirer, l'eau, la lumière, le dur du granit, la mousse humide. Patrick parlait peu pendant nos errances, mais alors qu'on croisait une grange en ruine, il m'a raconté l'histoire d'un maquis qui s'y était caché durant la guerre, des Francs-tireurs partisans dont quelques guérilleros espagnols, deux

Tchèques, et même un déserteur de la Wehrmacht. Un traître les avait donnés, ils avaient tous fini sous la torture et ceux qui y avaient résisté avaient été fusillés. Puis les Allemands avaient mis le feu à la grange et aux cadavres.

Des «guérilleros»! On aurait cru entendre mon père. Mon père dont l'enfance guerrière avait teinté toute son existence d'un goût de sang et de rage. Mais Patrick, lui, n'en avait rien à faire des temps dans lesquels nos existences s'engluaient, guerres, terrorisme. J'ai essayé de lui parler de nos peurs parisiennes, après les attentats. Il a fait sa moue. «Pauvres petits choux.»

L'après-midi, il disparaissait dans son atelier. Les plantes finissaient de sécher sur les claies, il avait fait une belle récolte de tilleul et de bruyère, bientôt il pourrait en remplir ses sachets de tisane. Alors que j'étais allée lui parler le troisième jour, je l'avais trouvé en train de lire une vieille BD de cow-boys.

«Je pars faire un tour», je l'avais averti.

Il avait levé la tête, «Et tu reviens?»

La carrosserie neuve de la voiture de location était insolente à côté de la vieille camionnette de Patrick. Il avait installé des étagères à l'arrière pour transporter l'été son stock de tisanes de village en village, au gré des marchés paysans. Il ne lui manquait qu'un vieux chien puant. Mon Dieu que j'étais méchante.

Sans doute que je me racontais des histoires sur lui et sa solitude. Il était né ici, il y connaissait plein de gens. Des femmes montaient de temps en temps jusqu'à la masure, c'est sûr.

En marche arrière j'ai descendu le chemin avant de rejoindre la départementale. J'ai longé le bois des Fagettes, les éoliennes tournaient, il me faudrait devenir un jour aussi imperturbable qu'elles. Je n'avais envie de croiser aucun visage au village, alors j'ai évité la place et sa statue de la Vierge, en prenant par le lotissement. Personne dehors, ni aux fenêtres, ni dans les petits jardins proprets derrière leurs murets. C'était plus désert encore qu'aux heures creuses de l'été.

Le lac était haut, ce printemps-là, il avait grignoté les plages, était monté jusqu'au pied des maisons. On avait peu tiré sur les centrales hydrauliques car l'hiver avait été clément, les terrasses étaient combles le soir du 13 novembre. J'aimerais que cela soit ma dernière fois au lac, j'ai pensé. Oublier le lac. Mais on ne sait jamais, quand quelque chose se déroule pour la dernière fois. La vie serait impitoyable à nous signaler à l'avance ses embranchements, heureux ou tragiques.

Le bouquet en plastique était tout neuf sur le pont de la Cléta.

J'ai garé ma voiture à l'endroit où mon père s'était mis dans le fossé, l'été précédent. Il me fallait voir la maison apparaître peu à peu, et laisser remonter en moi les sensations.

D'abord, c'est le toit qui a surgi, à l'entrée du chemin. Sur ce chemin mes filles avaient appris à faire du vélo, dans un va-et-vient incessant, je les tenais par la selle et m'essoufflais derrière elles. Les maisons voisines étaient fermées, et de loin j'ai craint que la nôtre, au bout du chemin, soit occupée.

Il y avait une remorque de bateau garée à l'arrière.

J'ai avancé lentement.

Cette maison m'appartiendrait toujours. Ses murs ruisselaient de nos existences, le fantôme de la mère s'y réveillait chaque nuit. Comment les nouveaux propriétaires pourraient-ils s'y sentir chez eux? Elle avait été vendue pleine comme une vache, avec ses meubles, ses livres, les draps peut-être, les vélos d'enfant et les jeux de société. Des photos de nous souriants, coincées en fonds de tiroir.

La haie de sapins avait été coupée, en bordure du camping, et la maison prenait le soleil de l'ouest, maintenant. Ses volets étaient fermés, il n'y avait personne. Ils avaient déjà été repeints en bleu, ça lui donnait un air breton ridicule, à notre maison. Notre maison. J'ai repris ma respiration. Le jardin avait été labouré et aplani, dans l'attente de nouvelles plantations. Je me suis postée devant la façade. Ça me faisait mal, ces volets fermés. Ce silence. Le lac impassible.

J'ai reculé pour l'embrasser jusqu'au faîte de toit, il me fallait l'emporter tout entière. J'ai levé mon appareil photo jusqu'à l'œil. Elle est entrée dans l'écran numérique et s'y est aplatie, comme on photographie un cadavre. Une bâtisse rectangulaire sans charme, à la terrasse surélevée, deux fenêtres à l'étage sous les tuiles plates. Je la découvrais à froid maintenant. J'ai déclenché une fois, la photo n'aurait d'autre intérêt que de dire que ça avait eu lieu.

On a passé cinq nuits derrière la cloison de bois, à nous amuser avec Patrick, puis à dormir d'un souffle apaisé. Chaque jour une bonne marche, et puis ne rien faire. Je m'étais trouvé une roche, sur le côté de la maison, creusée sur le dessus elle faisait siège pour lire dans la douceur de l'après-midi.

Depuis le premier soir, j'étais fascinée par la cloison en sapin et je savais pourquoi. Patrick m'avait surprise en train de la renifler. Elle avait encore une odeur sèche de bois, même si le tronc dont elle était issue avait dû être abattu il y a plus d'un siècle.

« Qu'est-ce que tu cherches ? » il m'avait dit.

De quoi parlait-il ? De nous deux ? Il ne m'avait pas demandé combien de jours nous avions devant nous, si j'avais prévu le moment où je balancerais mon sac dans la bagnole, et hop, descente cahotante du chemin, et lui planté sur le seuil de la masure, tirant sur sa roulée, me regardant disparaître sous les arbres, rejoindre ma vraie vie, ma vie en ville.

Bien sûr que je cherchais quelque chose, mais quoi ? Mes filles grandies, mon mari parti, le boulot m'avait happée ces dernières années dans sa grande gueule dévorante et je faisais mine d'en être comblée. Et maintenant, clandestine au pays, j'apprenais à charger le poêle et j'aimais la lumière qu'il diffusait sur les murs de pierre le soir, notre nudité s'y épanouissait. Il y avait assez de livres dans la bibliothèque pour tenir une guerre entière, des rangées de bouquins éclectiques, poches pour la plupart, achetés d'occase sur les marchés, un demi-euro, un euro. Patrick aimait lire pour lire. Il tenait ça de sa mère, il m'avait dit. Le dimanche après-midi, une fois les travaux de la ferme achevés, elle attrapait un livre et disparaissait pour deux ou trois heures, assise à la table de la cuisine la tête penchée. Moi aussi j'avais pris la fièvre du roman dans ma jeunesse en lisant n'importe quoi.

Parfois je m'en vantais, devant des collègues, je n'avais pas appris à lire dans Proust ou Flaubert, moi, oh non !

De temps en temps il déchiquetait un livre pour allumer le feu.

Je reniflais le papier jauni et la cloison de bois. Ces odeurs d'enfance. Chez mes grands-parents, toutes les cloisons étaient en bois. À l'étage, elles étaient dissimulées sous un papier peint à fleurs et sous les petites roses on devinait la surface noueuse et l'assemblage de lattes. Il m'avait suffi d'un rien, ce premier jour chez Patrick, passer ma main sur la cloison, pour remonter le temps jusqu'à ma chambre de naissance, et l'entonnoir s'était ouvert avec son maelström de sensations troubles. De quelles histoires sommes-nous issus ? J'étais née entre des cloisons de bois, ma mère m'y avait donné vie.

On naît à soi avec les premiers regards qu'on pose sur l'espace qui nous contient. C'était ça que je cherchais, sûrement, le nœud originel, dans ce retour aux sources, et c'était un signal de l'entrée dans l'âge, quand on perçoit soudain que des chemins se ferment. Ce quelque chose d'énigmatique, auquel nous nous réduisons, après l'évaporation des apparences. Le germe de notre humeur cardinale, disaient-ils en médecine ancienne, la couleur de nos sentiments.

Les prairies se sont couvertes de jonquilles, cette semaine-là. Au soleil de l'après-midi, le jaune claquait. Sur les chemins, l'herbe sauvage montait jusqu'aux mollets. On a revu la biche un soir, et puis je suis partie.

J'ai senti l'odeur du sang en poussant la porte de sa maison. Les pompiers avaient emporté mon père vers 11 heures du matin, et le temps de monter dans un TGV, la nuit était tombée. J'ai allumé pour chasser la pénombre.

L'odeur ferreuse m'a fait venir la bile à la bouche.

Régine, son infirmière, l'avait trouvé inconscient par terre, dans le couloir. Ses mots au téléphone étaient montés peu à peu en images, elles s'étaient projetées sur le paysage en fuite pendant les trois heures vingt du trajet en train.

Les traînées de sang menaient du couloir jusqu'à sa chambre.

On ne savait pas ce qui avait causé sa chute, ni combien d'heures avait duré sa dernière nuit. Ce qui est sûr, c'est qu'il avait lutté. Des empreintes sanguinolentes couraient en bas du placard coulissant, il avait dû tenter de se remettre debout, plaquant ses mains et retombant, encore et encore. Et partout du sang, des litres de sang, combien notre corps en contenait-il ? Une tache effrayante marquait le mur à la tête du lit.

C'était une scène de crime, mon père avait combattu la mort et perdu.

Le lendemain, j'ai appelé Soraya, son aide-ménagère. Avec Régine, elles accompagnaient mon père chaque jour depuis des années. Je lui ai appris sa mort, et lui ai demandé si elle pouvait m'aider à nettoyer sa chambre. Elle est arrivée dans l'après-midi. Elle a regardé la scène, aussi imperturbable qu'un flic dans une série policière, est allée chercher des gants à la cuisine, et à genoux s'est mise à frotter le sang de mon père à la brosse. Alors j'ai fait comme elle. À un moment elle a sorti son portable et m'a proposé : « Vous voulez envoyer des photos à votre frère ? »

Ces dernières années, j'avais surpris plusieurs fois mon père nu, retournant sans façon à sa chambre alors qu'il venait de faire sa toilette, oubliant ma présence. Mais ce sang. Je suis née de ce sang, je me répétais à genoux. L'âcreté du sang coagulé, à certains endroits formant épaisseur. Si noir.

En fin de journée, le ciel est devenu rouge, un de ces ciels de novembre encore chargé de soleil. Le Sud. Je me suis accoudée à la terrasse un moment. Deux pies jacassaient au sommet de l'olivier, les oiseaux allaient être bien tranquilles maintenant. La fenêtre s'est éclairée entre les deux immenses pins parasols du jardin voisin. La maison cachée dans les arbres, je l'avais repérée pour la première fois le soir du 31 décembre. La fenêtre flamboyait dans la dernière nuit de l'année, c'était un signe de renouveau, non?

Je voulais y croire.

Tous les deux mois cette année-là j'étais montée à la masure, après être passée chez mon père. De plus en plus je gagnais des jours sur le travail, je me détachais, comme un animal faisant sa mue. Patrick m'accueillait de sa moue gentiment ironique, la forçait jusqu'à ce que je l'embrasse à pleine langue. Il avait pris une chienne, une bâtarde aux oreilles pendantes, qu'il avait appelée Mirza, c'était une sauvage qui courait la campagne, mais même partie loin, quand Patrick la sifflait, elle surgissait des travers à perdre haleine. On s'appelait rarement, avec Patrick. Il suffisait d'un texto pour annoncer mon arrivée. Parfois je m'amusais à l'envoyer au tout dernier moment, alors que je passais le bois des Fagettes.

La veille de l'enterrement, le téléphone de mon père a sonné. J'étais en plein tri des papiers et je n'étais tombée sur rien de réjouissant ou compromettant. Ce n'était pas Miguel, il m'aurait rappelée sur mon portable, tout à l'heure on s'était embrouillés, il voulait qu'on fasse un seul discours, au cimetière, et j'avais dit non. Il parlerait, et moi aussi je parlerais. Il n'y aurait pas de mots communs. Tous ces jours chez mon père dans le souvenir du sang et celui de son visage avant qu'on visse le cercueil. Au funérarium, ils s'étaient félicités d'avoir si bien masqué ses coquards. Ces ecchymoses sur son corps, qu'est-ce qu'il s'était passé? Leurs regards soupçonneux avaient glissé sur moi.

J'ai décroché. «Allô? Allô?» C'était une voix de femme, une voix de vieille femme fatiguée, surprise d'avoir une autre femme au bout du fil. «Je suis bien chez Évariste?» elle a fini par dire.

« Vous êtes Rosie ? » j'ai murmuré. Elle a poursuivi, « Évariste est malade ? J'ai appelé tout dimanche, ça ne répondait pas. »

C'était bien que cela finisse ainsi, par un appel de Rosie. Sa dernière femme, j'ai pensé. Elle allait avoir quatre-vingt-quinze ans la semaine suivante. Elle connaissait mon prénom et mon métier. Mon père lui parlait souvent de moi.

« Vous me rappellerez ? me demanda-t-elle. Vous viendrez me voir ? On habite Paris toutes les deux. »

J'ai pleuré, une fois qu'on a eu raccroché. Demain, on emmènerait mon père au champ des pauvres. Patrick a aimé l'expression quand je la lui ai soufflée. « Ce vieux filou, il a dit. Ce gros malin… Le champ des pauvres », il a répété. Oui, bien sûr qu'il viendrait au champ des pauvres. Il serait auprès de moi pour lui dire *adios*.

Merci à La Marelle, pour ces deux semaines d'écriture (et de baignade) passées à la villa Deroze à La Ciotat, en juillet 2021.

L'EXEMPLAIRE QUE VOUS TENEZ ENTRE LES MAINS
A ÉTÉ RENDU POSSIBLE GRÂCE AU TRAVAIL DE TOUTE UNE ÉQUIPE.

ÉDITION : Sophie de Sivry et Laurent Beccaria
COUVERTURE ET CONCEPTION GRAPHIQUE : Quintin Leeds
RÉVISION : Anne-Soazig Brochoire, Emmanuel Dazin
et Isabelle Paccalet, avec Julie Mandart
MISE EN PAGE : Soft Office
PHOTOGRAVURE : Les Artisans du regard
FABRICATION : Marie Baird-Smith
DIRECTION COMMERCIALE : Adèle Leproux
COORDINATION ÉDITORIALE : Thomas Garet
RELATIONS LIBRAIRES : Alexandra Profizi
PRESSE : Marie-Laure Walckenaer, avec Lise Chaton
COMMUNICATION DIGITALE : Alice Huguet

RUE JACOB DIFFUSION : Élise Lacaze (direction), Katia Berry
(grand Sud-Est), François-Marie Bironneau (Nord et Est),
Charlotte Jeunesse (Paris et région parisienne),
Christelle Guilleminot (grand Sud-Ouest), Laure Sagot
(grand Ouest), Diane Maretheu (coordination), Charlotte Knibiehly
(ventes directes) et Camille Saunier (librairies spécialisées)

DISTRIBUTION : Interforum

DROITS FRANCE ET JURIDIQUE : Bertille Comar
et Geoffroy Fauchier-Magnan
DROITS ÉTRANGERS : Sophie Langlais et Ella Bartlett
DROITS AUDIOVISUEL, THÉÂTRE, PODCAST : Alba Beccaria
et Geoffroy Fauchier-Magnan
ACCUEIL ET LIBRAIRIE : Laurence Zarra et Lucie Martino
ENVOIS AUX JOURNALISTES ET LIBRAIRES : Vidal Ruiz Martinez
COMPTABILITÉ ET DROITS D'AUTEUR : Christelle Lemonnier,
Camille Breynaert et Christine Blaise
SERVICES GÉNÉRAUX : Isadora Monteiro Dos Reis

L'ensemble de cet ouvrage a été réalisé
dans le respect des règles environnementales en vigueur.
Il a été imprimé par un imprimeur certifié Imprim'vert,
sur du Lac 2000 PEFC pour l'intérieur
et une carte Crescendo PEFC pour la couverture.

Achevé d'imprimer sur Roto-Page
par l'Imprimerie Floch à Mayenne (Mayenne)
en novembre 2023

ISBN : 978-2-37880-418-3
Numéro d'impression : 103642
Dépôt légal : Mars 2024

En France, un livre a le même prix partout.
C'est le « prix unique du livre » instauré par la loi de 1981
pour protéger le livre et la lecture.
L'éditeur fixe librement ce prix et l'imprime sur le livre.
Tous les commerçants sont obligés de le respecter.
Que vous achetiez votre livre en librairie, dans une grande surface
ou en ligne, vous le payez donc au même prix.
Avec une carte de fidélité, vous pouvez bénéficier d'une réduction
allant jusqu'à 5 % applicable uniquement en magasin
(les commandes en ligne expédiées à domicile en sont exclues).
Si vous payez moins cher, c'est que le livre est d'occasion.